U0462751

德累斯顿的郊外

陈立——著

图书在版编目（CIP）数据

德累斯顿的郊外 / 陈立著. -- 北京 : 当代世界出版社, 2024.7

ISBN 978-7-5090-1814-9

Ⅰ. ①德… Ⅱ. ①陈… Ⅲ. ①长篇小说-中国-当代 Ⅳ. ①I247.5

中国国家版本馆 CIP 数据核字（2024）第 035141 号

书　　名：德累斯顿的郊外
作　　者：陈立 著
出 品 人：李双伍
策划编辑：刘娟娟
责任编辑：魏银萍　杨啸杰
出版发行：当代世界出版社有限公司
地　　址：北京市东城区地安门东大街 70-9 号
邮　　编：100009
邮　　箱：ddsjchubanshe@163.com
编务电话：(010) 83907528
　　　　　(010) 83908410 转 804
发行电话：(010) 83908410 转 812
传　　真：(010) 83908410 转 806
经　　销：新华书店
印　　刷：廊坊市印艺阁数字科技有限公司
开　　本：880 毫米×1230 毫米　1/32
印　　张：9
字　　数：185 千字
版　　次：2024 年 7 月第 1 版
印　　次：2024 年 7 月第 1 次
书　　号：ISBN 978-7-5090-1814-9
定　　价：65.00 元

法律顾问：北京市东卫律师事务所　钱汪龙律师团队　(010) 65542827

虞美人·听雨

少年听雨檐瓦下，春雨入荷塘。
壮年听雨远山外，云低江远，孤鹜叫西风。
而今听雨客家庐，白发已苍苍。
月缺悲欢总无情，石阶水塘，滴雨盼天明。

序　言

从来没想过自己会去写一本书，觉得那是文学大家才去做的事。直到人生过了大半我才明白，每个人其实都是一本书，书里都是自己与这个世界抗争、不断毁灭自己或者超越自己的历程。每个人的人生哲学都是不一样的，但都是值得借鉴的。犹记得小时候，我的爷爷在晚饭后，描述他一辈子对这个社会的朴素了解和感悟，这就是对我小时候影响最深的一本书。后来，我求学多年，也读了很多书，各个领域的都有，许多文学作品犹如一段段不同的人生，又如明灯一样照亮我前进的道路，让我永不回头。想到这，我也决心要写一本以自己成长经历为背景的书。希望这本书如一点萤火，去点亮一点夜空，去照亮和温暖寒夜里孤独的前行者。

我出生在一个南方水乡，经历了20世纪80年代后中国的巨大变化。少年时，我背着妈妈准备的米袋，走过村口的牛棚，渡河到对岸去求学。不久，我就有了第一次坐拖拉机而不是马车到镇里帮妈妈卖棉花的经历。后来，我第一次坐客车到县里一中报到，又第一次乘火车到遥远的东北的一所大学求学，再后来从北京搭上去德国求学的飞机。一晃40多年过去了，故乡的农田和麦地依旧，一切都没变，还是在夜晚的星空下那么安详，变化的是时代和我面颊上的沧桑。时代的变化一瞬千年，然你我的感悟却可以超越万年。我悟透了江南的温柔，却忽视了北方的豁达与粗犷，还有德国的执着与追求。苦与乐，回头望也没有了对与错。每次我都是喝了半斤烧酒，听一首老歌，含泪写下我过去经历的只言片语，特别是写下故事里的你我。我也慢慢习惯了一边喝酒一边写作，这样好似可以把故乡的水流进我的血液，让寒夜有了些许温暖。

这里特别感谢在我生命历程里，陪伴我一起成长的老师、同学、亲友、同事、家人，还有天下所有的有缘人。还要特别感谢当代世界出版社，和我一起不断完善我的作品。

同饮一江水，已是同怜人。

陈立

目　录

第一章　道别

写在德国的清晨

静谧在阴云里
灰色的气息
在树梢里、屋檐里
远方的森林
你还沉睡在
这个清晨吗

枫叶在窗前落了
它的视野
不再有你的舞蹈
秋天的风
吹走了你的味道

旷野的天空
了无生机

别样的天际
又有不同的梦幻
一切都沉寂了
犹如他的期许
与静静的等候

住在一个叫风之山的地方。风依着山，山附着风。高处不胜寒。寒冬里，风吹得格外紧，在高低相间的屋群间游走，在家的阁楼里、在百年的木质屋顶和石墙间吟唱。宁静的夜，除了游走的风，没有丝毫动静。窗外的月色透过窗帘映下靠墙那棵大树婆娑的倩影。夜的宁静原来如此，让陈少寒第一次聆听风的声音。在他的窗外，在他屋里的每个角落，在他的床前，所有的世界在这时候都成了风的乐章。连续的、间歇的、委婉的、粗犷的、凄凉的、欢快的，一切都在述说风的喜怒哀乐。他爱风之山的风，还有他的阁楼。阁楼的窗户一开，就能看到远处整个的山景。风在他的手指间流动，凉意浸入他的整个身体，让他重新清醒。风中裹挟着的芳草的清香可以带来远方世界的信息，让他不再留恋过去的世界。远处的森林，在这个季节，还是如此的充满生机，风成了故乡的使者，让他无法与故乡隔绝。他不喜欢没有风的日子，没有了风，他的生命就不能流动。他习惯了在风里嬉戏和玩要，追赶它的步伐，让自己疲惫，无忧无虑。这让他从此明白，风就是这个山的生命，一生不离不弃，相扶相持。

蓝天下，苍穹里，德累斯顿唯一一座古老的火车站就矗立在这个冬天的寒风里。风不大，但在车站旁边桥洞里却是显得格外冷。唯一让他感到温暖的，是车站里熙熙攘攘的人群，冬天少有的人气也能给这座城市一点儿暖意。冬天里，没有灿烂的阳光，一切都感觉是灰色的。风吹过人的脸颊，寒意刺入肌骨。陈少寒从车站前的有轨电车里走出来。多么熟悉的街道、广场，还有空气里的味道。他马上就要离开这座熟悉的城市了，不知道是难舍难分，还是要像一个勇敢的战士一样走向前方。长途汽车票已经买了，广场的钟声又响了，还有两个小时，汽车才开。他想着就最后一次看一下这座让他难舍难分的城市吧！好好地用心回忆这座城市的点点滴滴，他所走过的街道，还有古城的巷道。

古城就在车站两千米的范围内。过了步行街商业区，就是一大片古建筑。商业区全是新建的，他特别喜爱的就是那个打折的运动品商店，在这里他总是能找到自己喜欢的运动品牌。街道两旁还有电影院、肯德基、酒店。肯德基也是最近几年才有的。只是此时，他才第一次这么用心地、静静地回忆着过去的岁月，曾经的在这个街道的点点滴滴，不自觉中他来到了那个古老的圣诞市场。在过往的每个圣诞夜晚，他和朋友们都会来到这个市场，看各式各样的美食，最后他只买一根香肠。过去的日子虽清苦，但却快乐着。还有那旁边有名的地窖餐馆，记得有一年，教授就是在这儿请所有实验室学生吃了一顿奢侈的圣诞晚餐，他点了最有特色的碳烤猪肘，还和同学们共饮了黑啤。一切都过去了，现在好多同学也都毕业去了别的城市。一直有点儿淡淡的忧伤，有了忧伤，记忆便能刻骨铭心。一切都在他的记忆里，如旁边的服装店、手表店、歌剧院和教堂。

他在圣诞市场没做过多停留，就来到位于河边的城堡。他最喜欢这个地方了，城堡前有一片梧桐，他坐在梧桐树下的长椅上，前面就是易北河，悠长的小路沿易北河贯穿整个古建筑群。旁边古桥桥栏上到处都是风化了的雕塑。教堂和剧院在左面不远的地方。河边的码头就在眼前，河流的声音就像一首悠扬的曲子，倾诉着他此时的心境。多么美丽的易北河，这里有开阔的河面、美丽的游船和朴实的人们。流水湿透了河堤的荒草，此时却不能滋润他的心。他坐了好久，感觉不到寒冷，也不在乎身边过往的人流。这个世界，似乎只有他和这一河流水守候在一起了。他静静地透过栏杆看着远方的河流，河对岸是城市财政局的城堡。他特意坐得久一点儿，让寒意侵入灵魂，或许能让他清醒一些。清醒了，麻木了，也就获得了重生。异国他乡的这个午后过后，他就可以更加坚强地去迎接新的生命。他看了一下时间，离发车还有半个小时，他深吸了一口气，起身活动了一下快要僵硬的脚，原路返回，大步地迈向中心汽车站。

汽车站就在火车站旁边。因为走高速，而且停站少，汽车一般比火车快，所以好多人和他一样选择坐长途汽车。当然价格便宜也是主要原因。火车站背后，增加了几个给电动车充电的充电桩。他一直觉得德国的电动车虽然技术不差，但和其他国家比，市场化还是差一些。时代变迁，老牌国家大概还需要更大的勇气挑战自己，否则很容易被时代淘汰。就像长途汽车，最近几年在德国发展很快，究其原因，就是欧洲的铁路建设严重落后于时代步伐，数量不多的快速干线已经不能满足人们出行的需要，而且票价不菲。所以，许多人出行都选择开车或是便宜快捷的长途汽车，不过这也体现了欧洲的高速公路优势。欧洲密集的高速公路网络还是值得其他国家学习的，这也大大加快了欧洲的发展，抵消了欧洲高铁发展滞后的劣势。

现在车站旁聚集的人越来越多，其中大部分都是年轻人。年轻人在毕业后，正式工作前都要精打细算。大部分人从上大学第一天起就需要经济独立，生活费基本要通过课外工作实习挣回来。生活也相对独立、自由。德国大学不用交学费，学生基本靠打两个月工就可以挣够一个学期的生活费，完全可以实现自给自足，这也是最近几年到德国来留学的中国人越来越多的原因。车票都是从网上订的，司机清点完人数后便出发了。陈少寒也注意到大多数司机都是从东欧过来的，德语说得不怎么好。但因为开长途车比较辛苦，很多公司都是雇用这些能吃苦耐劳且对工资要求不太高的东欧人。汽车过了车站旁边的大学校区，便到了郊外。大学校区很大，很古老，没有围墙，只有一栋栋古老的建筑。他对这些太熟悉了。每天走的石头小道，以及体育场、图书馆，还有那个圆拱小桥都在记忆里生了根，发了芽。记忆随着汽车的呼啸流淌，往事也历历在目。不一会儿就出了老城的郊外，准备上高速了。郊外有一个知名的德累斯顿啤酒厂，矗立着几个硕大的酒塔。每次进出城，便能看到这个啤酒厂的标志性建筑。伴随着酒塔的影子越来越模糊，他的思绪也渐渐远离这座古老的城市。人永远在途中，而故乡只有一个。他生活了很多城市，离别了很多山山水水，留下的也只有记忆。

第二章　芦苇丛外

偌大的一片水乡在解放以前，只有五个姓氏，分别是陈氏、李氏、胡氏、刘氏、詹氏，他们以各自姓氏居住在一起。每个姓氏片区前后相隔十里地。每个姓氏多的十几户，少的只有两三户。

有一条河从屋前穿过，叫鹅支河。最大的地主老宅就在不远处，他家姓陈。陈家老宅有个大稻谷场，正北是大厢房，左边是放农具、杂物的偏房，右边是居住的正房。后面是树林、菜园，还有一个小池塘。祖上是什么时候搬过来的，那要追溯到清初了。历史是模糊的，唯一令陈少寒记忆犹新的是关于二大爷的事儿。

听说二大爷十多岁的时候，在后面不远处的柴山上放牛。有一天傍晚被柴山上老虎窝的白虎叼走了。村里人打着火把、敲着锣，一直追到芦苇荡，结果只看见二大爷剩下的一条腿了。打那之后村里人再没见到过这只白虎。但它的影子却一直徘徊在周围的山里、农田里、芦苇荡里，久久未能消散。要是哪家小孩哭闹，只要听到说白虎来了，立马就能停止哭泣，生怕自己的哭声把白虎招来。

20 世纪 70 年代陈少寒就出生在这样一个江南水乡，也是鱼米之乡。据文献记载，这里是楚文化的发祥地之一。水乡三里一小渠，十里一大河，再远一点儿便到了长江。在那个时代，村里很少有人走出过村外五千米的小镇。千百年来，干一辈子农活的祖辈们就是这样早出晚归，忙活在自己的一亩三分地里，一代一代延续着。他们一辈子都在算计着当年的收成，只在乎自己是否会饿肚子，至于外面的世界如何，他们没有更多的想法，也没有兴趣去了解。贫穷是那个时代永远的话题。村里只有不多的砖瓦房，其他都是土砖砌的，甚至还有些是茅草杆泥糊的墙。若赶上下雨天，很多人家里就会漏雨。所有能用的盆用来接雨后，整个村子的夜晚便热闹起来：小孩的哭声、各种盆的碰撞声、雨声，混合着飘荡到遥远的天际。

陈少寒马上要上学前班了。开学第一天的早上，爸爸早早地把两捆棉花梗挑上准备出发了。学校除了收一点点学费，每个小孩还要给学校食堂一担柴火。棉花梗是给学校食堂烧火做饭用的，那个时候生火都靠棉花梗。学校离他家不到一里地，几乎全村的小孩都在这上学，从学前班到六年级，每个年级一个班，每个班级有 30 多个学生。爸爸把他交给幼儿园的刘欢老师后就转身走了。他好像觉得要表示一下离别的痛苦似的，忍不住哭了起来。还好，老师拉过他的手轻声说走吧，于是他就不哭了。就这样，陈少寒开始了他的求学之路。学校有收发室、厨房、厕所，以及教室、办公室，办公室最大，所有老师都在这儿办公。老师们大多是上了高中但没考上大学的。老师的工资不高，但还是比种地强一些。

学校就在河边，房子围成一圈，中间是操场。操场上种着各种树，一圈房子外就是一望无际的油菜花。他开始不知道大人们为什么要种油菜花，后来才明白油菜籽原来是可以用来榨油的，而且还知道了能榨油的植物有好多，如棉花籽、芝麻等。他家里吃的就是自己家种的棉花籽榨出来的油。每天下了课，他便和伙伴们在操场上玩各种游戏，累了就坐下来看这无边的花海。学校里能玩儿的东西很有限，比如打弹珠、打纸牌等。稍微高级一点儿的便是打乒乓球。学校只有两个水泥砌成的乒乓球台，要排很长的队才能打上，谁要想多打一会儿，那得水平很好才行。这些简单的游戏也让陈少寒充满无穷的想象。后来回想起来，他也明白，游戏除了锻炼身体，其实更重要的是一种和别人交往的方式。学前班教的东西不多，也就学着唱唱歌，认识简单的数字。跳舞好像都是女孩子才学习一些，那时老师们总认为跳舞是女孩子的事情。女同学里，陈少寒对裴林芝和熊华印象最深。裴林芝长着一张好看的瓜子脸，聪明又活泼。熊华的皮肤白白的，个子不高，文静，有点儿腼腆。他希望能引起女同学的注意，但自己实在是太普通了。课桌是两人一张的简单木桌，连抽屉都没有。一条长凳不知道用了多少年，表面又油又光的。桌面中间有一条用小刀刻的分界线，是同桌划分的使用范围，彼此最好不要越界。大多数同学都相安无事，极少数会有争吵。下午五点学校敲钟，代表着放学了，这个任务由各位老师轮流来做。回家没有父母接，因为父母要忙着干农活，大家都是结伴回家。

时代的变迁对村庄的影响还是有限的。千百年前的农耕方式还是在延续，一头老牛，一条犁耙。牛在那个时代是一种无可替代的“工具”。陈少寒后来听老人们说，他出生那天，村里发生了一些大事：隔壁邻居张柱子家，因为煤油灯着火把自己家烧得精光；一个体校毕业的大学生和女朋友划船去对面村庄看电影，大学生淹死在前面小河里，幸好大学生的女朋友被别人救了；那天一把火把天照红了，大家怕大火殃及池鱼，纷纷把家当往外搬，于是，吵闹声、哭声、火的噼啪声、水声响彻长空。可以说，陈少寒的出生，就在一个时代的节点。后来他读了一些书才知道，那时国家正在经历巨大的抉择。

在多少个饭后的晚上，在昏暗的煤油灯下，他爷爷反复地述说家族的历史。家族从明清迁徙到这个江南的村庄，开荒安家。老太爷做了一段时间民国省委专员后，因看不惯官场的做法，便回乡置了两百亩地务农了。再后来到他太爷这一代便也没出什么大事。他爷爷倒是很机灵，新中国成立前做过一段时间的村长，因为做过一些实事，帮了不少人，新中国成立后，只是将他家划作富农。他其实不清楚富农、贫农在那个时代究竟代表什么，又有什么不同。他姥姥家就在河对岸不远。他的童年大多时间都是在姥姥家度过的，因为那边姨妈、舅舅多，可以陪着他一起玩儿。

隐入烟尘

村口粪烟牛虻起，秋稻汗泥西塘荷，莲叶荷花秋雨落。飞燕起，孤舟一帆布衣客。

沧水芦苇无爱恨，一江秋水衔晚霞，山高路远一蓑衣。密密缝，一醉又去几十年。

上小学之前，陈少寒家住的就已经是瓦房了。爸爸成家后就和爷爷、奶奶分家了。一大栋瓦房分成两半，中间门用墙堵上。但他还是天天去奶奶家，奶奶总是把好吃的留给他。弟弟还小，刚能下地走。记得那个时候的冬天很冷很冷，他早早就穿上了很厚的棉袄、棉裤，都是他爸爸亲手做的。他爸爸是个裁缝 。在那个时代有个手艺还是很吃香的，至少比种地好很多。本来富农成分是没有机会去学一门手艺的，但爷爷费了很大周折才让他爸爸学成。因此在每个严冬，他都能有暖和的棉袄、棉裤御寒。

屋前的小河蜿蜒流淌，河水清澈见底，能看到河底的水草。村落沿河而建，饮水、洗衣都在河里。古老的河边有着古老的生活方式。早上的水雾还没散去，勤劳的人们便早起了，洗衣、挑水，宛若一首舒缓悠扬的晨曲。继而人们一天的劳作开始了，一直到夕阳落下。学校没有小卖部，最近的合作社代销点在一里地之外的村委会。村委会除了有合作社代销点外，还有一个小的诊所、一个大树下的肉铺和一个不大的棉花加工厂。学校大门口有两个老太太，会卖一些小零食给学生们，有很甜的姜糖、瓜子等。她们的篮子里总有卖不完的宝贝，不知道哪天就会变出什么新的玩意。学校旁边一左一右都住着一个五保户。五保户没有小孩，等到他们年岁大了，村里便集体照顾他们。住左边的四婆有60多岁了，她一个人住在一个小屋里，对小孩们很好，偶尔有好吃的，都会给他们一些。住右边的五爷脾气古怪得很，经常听到他不知道在和谁吵架，声音特别大，大家看到他都会远远地跑开。陈少寒的同学田礼云就住五爷家对面，田礼云很怕五爷。村里的广播站就在学校里。村里所有通知都是从广播站发出去的。广播站就一个负责人，是陈少寒的同学姜华的哥哥。姜华的哥哥有点儿残疾，背很驼，所以村里就安排他做这份差事，工资不高，和种田差不多。

广播大概一个月播一次，冬天不播。每次广播会通知全村看电影。那个时代，看电影是所有人最开心的事儿，特别是小孩儿，比过年还开心。村里所有小孩回家吃完饭就早早地搬着椅子聚集在操场了。晚风里，溪塘边，远处麦田无边。忙碌的放映师在挂放映布。银幕就挂在学校办公室后面的墙上，台阶下来就是操场了。然后放映师调整放映机到银幕的距离，倒一倒胶片。看着转动的胶片，陈少寒觉得世界太奇妙了，整个世界都装在这些胶片里。每次放映师一般会放两个影片：一个无聊一点儿的，一个会是当时流行的武打片。这些电影是大家几周内的谈资。电影成了他和伙伴们了解外面世界的窗口。

陈少寒家隔壁是他一个远亲，成分也不好，比他家辈分低，一般两家也会相互照顾。平时，几个姐姐也带他玩儿，有时会带他到河对面去看小人书，一般两分钱看一本。什么小人书都有，战争的、武侠的、科幻的。不过还是太贵了，经常好几个人看一本书。每次他看得都不尽兴。那个堆满小人书的架子，让他仿佛看到了另外一个世界。书里所呈现出来的都不是在课堂上能学到的，也不是父母能教的，可能他们的父母也还没了解人生的真正意义。那个年代，能喝一口粥活下来才是最重要的。他喜欢看书，但不喜欢看课堂上学的书，所以上学后，他的成绩一直不好。特别是语文，每天放学前会听写十个汉字，写错六个以上要被打手。教语文的田老师有一个厚厚的竹板，打的劲道很足，孩子们都胆战心惊。没合格的被一个个点名到讲台上，按写错的个数打手板，每次他都跑不了。挨打是痛苦的，但痛苦过后就可以放学回家了。那时候的快乐其实很简单，但这些快乐是在痛苦之后才能拥有的。

过了门前的河，再走三里地就到陈少寒姥姥家了。他几乎每周都去。他姥姥家人多，和他岁数接近的是小舅舅，因为他俩个头差不多，经常被别人弄混。姥姥家的老房子在一片水田边上。连着总共有五家。姥姥家后面是成片的水田，旱地也在不远处。屋前面也有一个大的水塘。除了大舅舅在外面念书，妈妈和三姨出嫁，其他孩子都住在家里。二姨在当地小学教书，也在家里住。一大家子非常热闹，这也是他经常来的原因。因为陈少寒最小，就可以肆无忌惮地“欺负”他们。晚上好多小孩儿睡在一个大床上，一起玩闹。周围也有好多伙伴，大家都一起玩。太姥姥也住在一起。听别人说，他就是太姥姥带大的，一直带到三岁。

那时候他太小了，也记不清了。太姥姥一个人住一个小屋，他也经常过去玩。太姥姥有一个黑色的大箱子，里面有很多好吃的。每次他去，太姥姥就拿出一些糖果什么的给他。太姥姥是裹了脚的，走路很不方便，听说以前大户人家女孩都裹脚。听爷爷说，太姥爷也是大户人家，后来解放了，就只有太姥姥和姥爷相依为命。姥姥家门前有棵枣树，到了秋天，他和舅舅还有邻居伙伴就商量着怎么把枣打下来。枣不大，但很甜。他们把打下来的枣用盒子装起来，留着晚上乘凉和豌豆一起吃。姥姥家人多，吃饭也非常热闹。因为人多，粮食经常不够吃，有时候姥姥就去他家借一点，也找镇上的亲戚借一些。姥姥做菜很好吃，菜园里的普通蔬菜也可以做得很好吃。大舅舅因为读书很少回家。记得大舅舅中专毕业后，被安排在附近金狮镇的小学做教师。在村里，这可是件大事。因为这样的话，就能脱离农村，就能有一个城镇户口，有一份体面的保障。毕竟有城镇户口，至少可以全家丰衣足食，不用在农村艰苦劳作。这些人是第一批恢复高考后，走出去的农村精英。很快就有媒婆介绍了镇下面一个村长的女儿给大舅舅。婚礼那天，全村的人都来了，屋里、稻场外、田埂上都是人。夜里，小孩拥挤着、闹着，孩子们哄抢着糖果，他们开心得不得了，感觉整个夜晚都是属于他们的。陈少寒被选去给新娘子倒洗脸水。这是一个仪式，一般由小一辈的近亲来做，代表着新媳妇进门，以后都是一家人了。其实，他是奔着倒完水后给的大红包了，能有好几元钱呢。不过中间出现了一个小插曲，红包被五姨抢了，五姨也就大他七八岁。为了这件事，他和五姨大吵了一架。大舅舅和新媳妇没住几天就搬到镇里小学去了。大舅舅在镇里教书，姥姥家就有了希望；有了希望，贫穷就不再可怕了。还有二姨也在村里小学教书，也能贴补家用，姥姥家日子越来越好。他也偶尔去小舅舅学校玩，次数多了就认识小舅舅班上所有的同学。正好他二姨是这个班的班主任。学生们都很喜欢他。

陈少寒的爸爸开了几期服装培训班。周围村里很多没上高中但想学点儿手艺的年轻人都会过来学习，多的时候有 20 多人。那时有一首歌叫《一剪梅》，打动了不少少女的心。在她们的眼里，这首歌里有一种无穷的依恋和伤感。一段时间，村里初中毕业待业的年轻人越来越多，导致看露天电影时会经常发生打架斗殴。后来，国家发起了一场整治运动，治安就好多了。

陈少寒到三年级成绩才变好，到班里前五名了。特别是他的数学天赋开始显现，语文背诵也非常厉害了，基本一篇课文看半个小时就会背了，语文老师也非常吃惊。不过他的语文作文还是写不好。后来他觉得是他的字写得太差，老师根本没心思看完他写的东西。那个时候，老师的素质参差不齐，有些老师喜欢通过肢体、语言惩罚来管理学生，对孩子的心理造成很大的伤害。比如一个叫张晓燕的女同学很活泼，班主任认为女生应该内敛一些，便给她取了一个绰号叫“张飞”，结果她没到六年级就辍学了。还有一次，有个老师把一个同学手都打肿了，闹得同学父母去老师家里评理，但老师们却认为这是严师出高徒。很可惜，裴林芝在五年级就转到河对面小学去了，她爸爸说那个学校好一些，但路途就远了。每天她都要很早经过他家门口，过了村里的代销点，有个过河的堤，过了堤，还要走好儿里地才能到学校。每天往返奔波真的好辛苦。不过他倒可以在放学后，在自家的楼上静静地等待她的到来。她一直不怎么爱说话。在小学，男生和女生之间的话也很少。老师也是这么认为的，女孩子就要矜持一些，男孩子可以活泼一些。

少寒的二姑和三姑都嫁到滗水河对面的申津渡镇。申津渡镇以前就是一个码头，镇里就两条街。房子都是百年老宅，用木头做的墙。二姑嫁了一个当地的老户，老户家里以前是大地主，新中国成立后，二姑父和他的妈妈相依为命，在镇上做点小买卖养家糊口。二姑父长大成人后，托以前亲戚的关系在镇里水厂找了一份工作。三姑嫁给了一个中学老师，后来三姑也在学校食堂里做事。小时候他也经常和爷爷、奶奶去两个姑姑所在的镇上。毕竟是镇里，人很多，到处是惊喜。他可以去老街玩，可以随意看小百货商店的东西，逛沿街的店铺，可以吃很多小吃，特别是一种油炸的面饼裹上糖很好吃，还有馄饨、饺子、豆皮饼、豆腐脑、锅盔等。锅盔简直是经典，一个铁桶里燃烧着熊熊的炉火，烤出夹有肉馅的大饼，拿出来再刷一点辣酱，这可能就是那个时代最难忘的记忆。旁边也有一条小河，他也经常和几个表弟、表妹沿河溜达。以前这里很少有人烟，只有两处很小的小街，再远一点就是王家大湖，后来被改造填成了农田。镇旁边还有一处王侯古墓，因为在岗上，大家便认为这里的风水很好。后来埋在这儿的人多了也就成了乱葬岗，直到有了火化政策就不允许埋在那了。

眼看就要过年了，小孩子们最开心。那个时候，冬天真的很冷。早上打开门，门口菜园的篱笆都被雪覆盖了，有的都被压倒了。有了雪，才更有年味儿。小孩子们都会有一身新衣服，从里到外都是新做的。因为陈少寒的爸爸是裁缝，所以过年前，爸爸会很忙，各家都要找爸爸做新衣。每家都会准备很多年货，除了杀年猪还会做很多甜品。自家的麦芽糖和自家的面粉、米混合在一起，可以做各式各样的小吃。年前家家都通宵加紧忙着。还有的家里也会准备鱼糕，鱼肉和肥肉剁碎了加上佐料一蒸，滑嫩爽口，也可以下火锅。过年前一天晚上，他妈妈会早早地把一个大猪头下锅炖上，到午夜，就会炖好。他和弟弟都会拿一大块肉吃，吃得满嘴冒油。他妈妈也要杀一只自己家里养的鸡，准备第二天过年用。

邻居家的燕子姐比他大两岁，比张柱子、东丫子大一岁，梅子比他小一岁，发平和弟弟比他小三岁。附近就这几个小孩常在一起玩。平时分两个阵容，他和张柱子一伙，不过也是分分合合的，偶尔他也和东丫子一伙。不过张柱子因为和东丫子同岁，很少一伙。再大一点的有三个，华哥、肖二哥、燕子她姐姐，都大他超过五岁，他们都快初中毕业了，平时和陈少寒他们很少一起玩儿。那个年代能玩什么呢？最多的是玩弹珠和纸牌。玩弹珠取材简单，在地上弄五个小洞就可以玩上一整天。

张柱子家条件不好，爸爸和妈妈倒是勤快，但不太会干农活。张柱子还有两个姐姐，家里能每顿吃上饭就不错了。张柱子家里也经常吵架，孩子和孩子吵，爸爸和妈妈也吵。反正，他家离张柱子家很远，都能听到吵闹声。张柱子爸爸还酗酒，可能生活和家庭的压力需要用喝酒来缓解。张柱子家以前是大户人家，只是现在衰落了。现实的反差，容易让人迷失方向。终于在一个吵架的午后，张柱子爸爸连喝了三斤白酒，一醉不醒。等张柱子妈妈发现不对劲，已经晚了，张柱子爸爸早已没有了呼吸。张柱子妈妈哭得很伤心，以后一家的重担就要靠她一个人了，她该如何维持这个大的家庭啊。他记得那是夏天，很热，整个宁静的村落都被惊动了。他也很晚才睡，因为害怕，盖着被单，即使出了很多汗也要盖着。

现在村里一天一个样，每个人都干劲儿十足的。每家都有自己的田地，包括旱地、水田。水田种稻米，旱地种棉花。每家屋前屋后还有一大块菜园或者果园。最高兴的就是秋天的清晨，他父母早早起床，把装好的棉花准备好，去镇里卖。没处理的棉花有带棉籽的，也有去掉棉籽的。不过要想去掉棉籽的话，需要去村里扎花厂处理一下。厂是他同学裴林芝的爸爸开的。听说是她爸爸一个台湾的远亲帮着出了钱承包下来的。改革开放后，台湾的远亲也可以回来探亲了，很多远亲都回到久违的老家。陈少寒的父母清晨出发，把棉花运到镇里卖掉，可以直接拿到钱。棉花很贵，价钱非常好，基本是一个家庭的主要经济收入了。镇上不大，就有一条老街，还有一个百货商店。房子都是木头做的，路是青石板铺的，但如果下了雨，也满是泥泞。和其他邻居一样，他爸妈卖完棉花，都非常高兴，很大方地买了一些水果，比如带些橘子给家里老人，而且头一次大家一起下了馆子。餐馆以前是镇里的国营食堂，现在也被承包了。大家点了几个菜，都吃得挺开心的，这在以前那个什么都要票据的年代是不可想象的。爸爸给了他一个大橘子，他可开心了。甜甜的橘子，味道真好。

村里有了钱，每家都接上了电线。虽然还是经常停电，但还是很新奇的。没电的夜晚，总是很乏味。只有煤油灯，写作业也不方便。忙完一整天的大人们晚上也没什么事，会早早睡下。要是夏天，天气热，几家邻居都会到屋前的稻场上乘凉，唠唠家常，吃点儿炒好的自家种的豌豆。夜空真的一望无际，很安静，沉睡在黑夜的宁静里。稻场边就是小河，能听到潺潺的流水声。他可以静静地望着满天的星空，星星在黑暗里特别明亮，外面的世界也是和这夜晚的星空一样辽阔无边吧。爷爷轻摇着蒲扇讲着过去的旧事。他每次都认真听老人们讲一些过去的事。还有他奶奶，是他爷爷二婚娶过来的，有个大姑是他爷爷头婚的孩子。他出生时，他的三个姑姑都出嫁了，他对她们也没有什么印象。

妈妈经常回娘家，每次都带着他和弟弟。小舅舅的小学就在滗水河边上，河对面就是大舅舅教书的小镇。滗水河是一条大河，不同于他家门前的河。滗水河河面最宽处有 1000 多米宽，河水流得很急，河堤也很高，旁边也有大的水坝。他站在远无尽头的河堤上，看着激流远去，顿觉震撼。小舅舅班上有个女同学就住在堤坝旁边的树林里，是班上最漂亮的。听说她爸妈是知青，为了爱就留在村里了，在堤坝旁边筑建了一个孤零零的小屋。长长的堤坝下就这个小屋，周围是一大片白桦林。有了家，这对知青可能就不怕寂寞和孤独了。这个女同学一头长发，白皙的皮肤，文静而典雅。他没见过她说过话，偶尔她会笑一笑，犹如一阵清风吹过，她学习也不错，这可能就是他对她的印象。他觉得自己好小也不敢去看她。中午，他们几个伙伴会溜到滗水河里去游泳。夏天的滗水河水退去了，河堤的沙滩也露出来了，河里水不深。他们会脱光了衣服玩水，玩累了就躺在滚烫的沙滩上望着广阔的蓝天，觉得自己很渺小，他们想做一群有梦的少年。大河中心有个无人小岛，水退了才会露出来。水清澈透底，他们肆意地把自己摔在柔软的沙滩上，仿佛这个世界就是他们的了。

秋岛春去滗水河，堤岸无边白桦林。
堆起一岸笑语声，沙砾天外追梦人。

其实平时也可以在水库里游泳，但他们不会游，也不敢。只有在水里，才感受不到这个夏天的炎热。中午都自己带饭吃，舅舅有时候不带，他就和二姨一起吃，吃的也很简单。记得有一次还下了一次馆子，就是吃的酱油炒白菜，特别好吃，他一直还回味着那个感觉。饭店旁边就是一个小的诊所。记得五姨一次身上长了脓疮，就是在这儿动的小手术。因为有脓疮，五姨平时跟他玩儿也不方便，一碰到手臂也会很疼。手术没有麻药，五姨因为疼喊得声音很大，不过一会儿就好了。姥姥屋后面是一大片树林。夏天，他和小舅舅还有几个小姨会收集知了壳，看谁找的多。晚上五姨会准备一盒炒好的豌豆用来乘凉吃。在门前的稻场上，听大人们讲他们一天的见闻。到农忙时，爸妈以及出嫁的三姨都会回娘家帮忙。好多的人，干完活儿一起吃饭。三姨嫁到他们村下游的一个村，离得也不远。一般姥姥这个时候会宰一大只鸡炖了吃，这也是他和舅舅还有几个小姨最开心的事儿。

上面基本就是他三年级前的事儿，很多再小的时候的事儿他也记不清楚了。到了三年级，偶然一次课后，他还在操场玩耍，裴林芝和熊华就冲过来很高兴地告诉他，他汉字听写刚好过了六个，这是第一次放学不用挨打了。有了第一次，以后便是每次都过了，他也并没有刻意去练习。他想不通，为什么她们会这么高兴。他是那么普通、平凡，没有过人之处，竟然会被两个才女关注。特别是裴林芝，他都不敢看她一眼，也没敢跟她说过一次话。靠近她，总会有一种无形的压力。张华是他们班长，字写得最好，老师们都很喜欢他。他倒是感觉班长和她们走得近。从三年级开始，他学习就好起来了，第一次进了前五名，还评上了三好学生，戴上了红领巾，这是值得骄傲的事儿。记得在一年级，没有戴上红领巾，爷爷还狠狠地批评了他。他家最近建了楼房。在村里，他家是第一个建楼房的。他爸爸帮别人裁剪衣服，成了村里的第一个“万元户”，还买了电视。如果不停电，家里会挤满了人，大家一起看电视。特别在夏天的稻场上，因为一台电视人山人海。记得有一次演武松打虎，大家看得津津有味。老人们感慨着，时代变化真快，世界都能装在一个盒子里了。这就是历史，多年的事儿在一个晚上就实现了。

年关一早，各种菜就准备好了。按照老家的风俗，要有个纪念祖先的仪式，比如要烧一种代表纸钱的纸，还要敬香、放鞭炮、贴春联、挂年画，仪式走完后一家人就可以吃团年饭了。第二天，妈妈忙着走娘家，姥姥家也准备了很多好吃的。一年就这样很快过去了。后来，时代变化，过年也简化了，记忆就没那么深了。

少寒快要小学毕业了，面临升初中考试，老师的要求开始变得很严了，但同学们没觉得有多紧张，大家觉得反正都能上初中，就是能否上重点班的差别了，但最后还是有几个人没有坚持下来。张晓燕学习其实还好，人比较活泼，喜欢和男孩子打成一片，语文老师不喜欢她这种性格，还给她取了一个外号叫“张飞”，她就成了老师取笑的对象。时间一长，张晓燕的自尊心受到了伤害，她坚持不下去了，直接退学回家了。走的时候，她父母过来搬的课桌，她强忍着眼泪，她眼角的泪水还流在同学们的记忆里。邓云的数学在班里应该是最好的，但语文一直不好。所以，语文老师给邓云取了一个外号叫“跛脚”，就是偏科的意思。邓云心有芥蒂，谁提及了自己的外号，邓云就会跟谁急。一次，他和邓云俩人有了矛盾，语文老师让他们上台，互相用树枝条打对方的手心，谁先把对方打哭了，谁就能免了后面的惩罚。陈少寒觉得很委屈，还没被打，就先哭了。邓云后来没去参加初考，听说他家太穷了。

到陈少寒六年级，奶奶去世了。奶奶一直有高血压，后来摔了一跤就不行了。奶奶辛苦了一辈子，他觉得这样的结果对奶奶来说，也是一种解脱。奶奶的葬礼办得很风光，办了三天三夜，爸妈都累坏了，睡了一整天。他也很懂事，放了学，如果父母不在家，会先去菜园摘点儿菜给弟弟做点儿吃的。菜也就是秋天的小辣椒，炒一下很下饭。然后，他也会去棉花地摘棉花。虽然他没插过秧，但会在旁边给大人们准备茶水。大人们干活儿很辛苦，那会儿收割稻谷没有脱谷穗的机器，大人们会一把把地把成熟的稻谷用人力打到一个大的木桶里，吆喝声与汗水混在这个秋天的天空里。人们的心情是喜悦的，眼前就是希望和收获，这种感觉特别真实，连他都感受到了，跟着大人忙前忙后。记得全村的人都会聚集在学校的操场上选举村干部，然后会分到一些面粉、麻花和油条什么的，就当过节了。

第三章　沲水河上

少寒上初中还是大舅舅帮忙把他调到了大河对岸的申津渡镇中学。正好二姑、三姑都在镇里，大舅舅也调到镇教委工作。这样他也彻底和小学的同学告别了，其他人都去了本镇的两个初中。

初中报到很简单，二姑都给他准备好了。二姑父也在中学教英语。小舅舅因为小学耽误了学习，也一起和他在这个初中念初一。中学就在镇中心，离他家有五六里路。过了他家门前的小河，走三里地就是沲水河，过了沲水河再走两里地就到了。小时候，他也经常过去。沲水河的大堤修得很高，沿河而建，千百年的洪水得到了治理。记得小时候在河堤边，他和大舅舅邻居家的小孩常在一起玩耍，留下了爽朗的欢笑声。沲水河里有无边的沙滩和沙洲。他和同伴常在一起数沙滩的纹理，还在漫水的浅滩边数脚印。他很喜欢到镇里玩儿，可以和几个表弟、表妹一起玩耍，他们之间差两到三岁的样子。他们常在古老的小镇里穿梭，胡同里有很多早点、小人书。如今又到了这个小镇，而且是上学，他并没觉得陌生，而是觉得很亲切。

初中每个年级有四个班，一个大操场前后有两排房子，所有班级都在这些房子里，左右两边是宿舍。大门左边是食堂，还有老师的住房。因为大多数学生都是农村的，所以大部分是住读。最后面是镇里教委的一栋三层小楼，大舅舅一家就住里面。二姑父住在前面老师楼房里，三姑父一家也在镇上，所以他一点都不觉得孤独。开学第一天，他还是有点儿紧张，毕竟要面对这么多陌生的面孔。

他被分在三班，三班、四班是重点班，一个班有 40 多名同学，来自不同村。班主任林老师很严肃，教他们语文；范老师很和蔼，教他们数学。一段时间下来，有几位同学比较引人注目：范霞写字很好看；雷小平不仅字写得好，学习也很好；刘敏的英语非常好；陈华是他同桌，家就在中学旁边，英语很好，字写得也很好看。他很羡慕陈华可以每天回家，还有个大她一级的哥哥照顾；班长曾祥华学习最好，文笔也最好，和他同过桌。

食堂除了土豆就是白菜，大家总是吃不饱。所以，他很羡慕陈华可以回家吃饭。通过脸色就能看出谁是住读谁是走读，住读生的脸都有菜色，走读生的脸都是白里透红的。林勇每周都从家里带两大罐猪油和咸菜，吃饭时，林勇总给他一点儿。把猪油放在热饭里，味道很香。平时他太饿了，就去姑姑家、舅舅家加餐，这也算他唯一的优势。宿舍是一个大屋，里面住着几十人，上下铺摆得很挤。特别是冬天时没有热水，导致他现在都习惯用凉水洗脸。第一次上英语课，年轻的李老师讲课很有激情。那个时候学校缺老师，很多老师初中毕业上个中专就可以回来教书了。李老师平时也教他们唱歌。下课能玩儿的很少，就两个乒乓球台，而且一般会被高年级同学占用。有一次，一个高一级的大个儿抢他们球台，当时他同学别复华也在。别复华是班里少有的大个儿，最有特点的是一双炯炯有神的大眼睛。别复华过来把那个人收拾了一顿后，他们才玩上乒乓球。郭戈林学习很好，班主任林老师特别喜欢他。郭戈林的疥疮近期犯了，被折磨得不行，全身痒。后来，经过多次尝试，发现硫磺软膏最好用，郭戈林终于可以睡一个安稳觉了。疥疮传染性很强，一不小心就会被传染上，一个寝室很多人后来都被染上了。寝室的卫生没人统一管理，能有一张床睡就不错了。这个冬天很冷，少寒一不小心犯了红眼病，后来买了眼药，要持续用一到两周才能有效果。

后来吃饭大家都跑到学校大门的邮电局去吃。邮电局院里有个家属，自家开火做点儿饭招揽他们去吃，那里的饭菜比学校食堂稍微好一点儿，两毛钱就能吃一顿。大家挤在一起，屋里热气腾腾。烧煤的炉子火很大，在小院子里，能闻到煤燃烧的味道。有了这种味道，便感觉到些许的温暖，饥饿感瞬间就没了。邮电局很小，只有一个窗口，后院就一户家属。旁边一个小屋租给了一个 40 多岁的苗族女医生，她面色黑红，可能是老家长年高原紫外线照射导致的。她偶尔也跟他们说几句，但普通话不好。他最害怕她箱子里面的东西，好像是风干的动物尸体，后来听说是药引子。每次经过她的小屋，他总是很小心，生怕那些东西从她箱子里飞出来。最近学校有好消息，要盖新的教学楼。现在的教室很老了，冬天的寒风从破败的门窗吹进来，真的很冷，特别是脚。那时候他穿的都是他妈妈或者他奶奶做的千层底布棉鞋，穿的时间长了，特别是下雨天，就很容易破。每个冬天，大家的脚都会生几个冻疮。

学校到小镇中心不到500米。小镇中心有一个稍大的百货商店，旁边是一条卖衣服的街道，对面就是镇政府，菜场也在旁边。两条老街，青石板的路磨得都泛光了。还有很老的木头房子，门很厚实，墙也是木头做的。吃的、穿的都可以在街上找到。唯一的小电影院因为看的人少，也早已倒闭了。菜场老街有家照相馆，他平时路过觉得好神奇，一个小小的机器就能把人放进去。后来他爸爸在深圳说要寄一张照片，他就去了这家照相馆。照相师傅很和蔼，很快就照完了，说过几天可以取照片。

学校大楼建好了，破旧的教室都被推倒了。三层的大楼，一切都是新的，寒风再也刮不进教室了。少寒所在的初二班分在三楼，在新楼上的第一堂课就是新任数学老师陈德冰的课。陈老师大高个儿，很壮实，平时很严厉，特别是周五放学，都会出一道很难的几何题，谁做出来了，谁就可以放学回家。这倒难不倒他，他的数学是强项，每次都是第一个做完，早早回家。一周的课只有在周五最开心，回家可以好好休整一下。他走在到浣水河的河道上，等下一班渡船的到来。渡口有三只船，船夫他都认识。这些船夫一直在这个渡口，以前都是木船，后来换成铁船。渡口还开了一个用木板搭的小卖部。小卖部是一对夫妻开的，他们带一个小孩，卖一些小食品和雪糕。一周过去了，他也没剩多少钱，偶尔也会买一袋黄豆，黄豆是用盐炒好的，很好吃。渡船一次要等很多人一起才开，运气不好要等一个多小时。和他一同过河的同学很少，除了小舅舅，就是王绪阳了。王绪阳就住在河对岸，偶尔他们一起过河回家。

王绪阳家的情况和他相近，王绪阳的舅舅也在小镇里工作，把他转到这个小镇的中学上学。王绪阳的家过了河边的一片棉花地就到了。春天过去了，浪花一般的棉花地，一眼望不到边，就在江堤下，沿着大堤一路到远方。微风拂过，伴随着他们的脚步，撒在小路上。有一次，王绪阳邀请他去家里玩儿，顺道一起上学。王绪阳父母都在家，王绪阳的爸爸有着农村人强健的臂膀，一直忙忙碌碌的；王绪阳的妈妈在厨房忙着做晚饭，还有各种杂活儿。给他印象很深的倒是王绪阳的邻居，家里只有奶奶和孙女，听说孙女的爸妈都生病去世了，得亏王绪阳爸妈照顾她们的生活，才能勉强度日。女孩上到小学六年级就不念了，家里实在承担不起学费，奶奶身体也不好。女孩很懂事，眼神很忧伤，红润的脸颊，加一件枣花的外衣，犹如野草地外的一朵小花，过早地承受风霜雨雪。她也不经意地偶遇他的眼神，像很早就认识似的，让他好想像一个大哥哥去保护她。来到王绪阳家的二楼，风刮得有点儿大，雨也下起来了。王绪阳跟他说着将来的打算。上次，王绪阳和班主任发生了点儿冲突，班主任打了他。王绪阳挺倔强的，便没有信心继续读下去了，加上成绩也一直不是很好，家里也需要更多劳力。听完王绪阳的话，他很伤心，一直在鼓励王绪阳继续读下去。但王绪阳决心已定，这让他很伤心。雨越下越大，就在这个午后，外面的世界已经不能燃起王绪阳的热情了。隔壁邻居女孩的命运似乎也是这样，外面世界的大门似乎对她关闭了。她眼里的期望只剩下生存，如何活下去才是她现在最重要的事情。后来，他还专门找班主任，希望多给王绪阳点儿信心，但班主任放弃了。后来他唯一一次碰到王绪阳是在集市的街头。

学校马上要举行运动会了，大家都想在运动会上表现一下，都热血沸腾的。但是大家的体育都不怎么好，在一个只能吃饱的年代，运动是奢侈的。平时他们最多就打打乒乓球，别的运动基本没有。运动会的项目也不多，就跑步、跳高、铅球。体育上比较出色的是叶爱华。叶爱华个头儿比他们高，所有体育项目都有优势。运动会后发生了一件大事儿，就是叶爱华被初一一个学生家长打伤了，还去了医院，后来在家休养了一年。其实就因为一点儿小事儿，叶爱华和那个初一的学生发生了矛盾，打了对方几下，对方回家就叫了亲戚过来把叶爱华打成了重伤。打人的人一直外逃，当时挺轰动的，其实真正受伤害的还是叶爱华。

初中时最受欢迎的课外活动是斗鸡。斗鸡就是单人抱起一只腿，然后用抱起的腿攻击对手，谁先双腿着地，谁就输了。所有男同学都可以参与，单挑和团队都可以。连少寒这么胆小的人也能参与其中，大家玩得很尽兴。谭贵华个头儿高，耐力强，体力好，在和他小舅舅的对决中，直接完胜。毛军一个人能冲进对面集群而毫发无损。这都成了他初中时代最难忘的记忆。那个时候，他便喜欢上了武侠小说。历史和人生其实都是一样，很多想法都是萌发于读书中。曾祥华和王维也喜欢看，后来，班主任说看这些耽误学习，不让他们看了。他们只能在被窝里打着电筒偷偷看，结果他们第二天哈欠连天的，曾祥华和王维眼睛看得近视了。初一要期末考试，大家都把座位搬到外面操场上，说是为了防止作弊。第一学期他考得不错，李祖涛考了全年级第一名，他考了第二名。舅舅、姑父很高兴，还夸了他。之后几个学期，他也还可以基本稳定在年级十名以内。学习最好的是王文华，经常是第一名。王文华的数学非常好，外号“黑色的闪电”，皮肤有点儿黑，字写得非常好。他也很羡慕王文华的姐姐经常来看他，每次都带很多好吃的。汪江明经常和王文华一起。汪江明外号“09小黎明”，因为长得阳光帅气，很受大家喜欢。

期末了，学校都要组织联欢晚会。胡老师的二胡拉得很好。那个时代的老师，很多会唱样板戏。胡老师的女儿胡琼和他同班，她长着长长的辫子、透亮的眼睛，喜欢穿素色的裙子。胡老师经常在饭前午后拉一会儿二胡。他也喜欢京剧那种抑扬顿挫的基调，偶尔他和姑父也从磁带里听。不到几个月，他就能模仿得有模有样。

村里最大的变化就是出现了第一批“下海”工作的人，包括他爸爸。随着改革开放的到来，内地大批年轻人、手艺人都跑到广州、深圳等地去工作。这是以前任何时代没有过的。千百年，人们大多被束缚在土地上，一亩三分田是一代人的开始，也是上一代人的结束，人口的流动基本没有。改革开放后，一些人挣脱了土地与生存的束缚，而他就处在这个时代，他的父辈们也赶上了。少寒爸爸南下深圳后每月可以挣到一千元，好多人得知这一消息后也前赴后继地踏上南下的火车。家里的不多的农活儿只能交给他妈妈和爷爷。弟弟也在村里念小学了。又到星期天了，妈妈准备好了带到学校的米。米是要从家里带的，到了学校，再换成米票。妈妈把一周五元的菜钱也给他准备好了。他背上米袋，大步朝学校走去。过小河用小船，一人五分钱；过大河是要靠轮渡的，船也很大。舅舅的村子就在过了小河后不远的地方，他们可以约好一起过了大河到学校。舅舅家的小孩儿多，菜钱经常不够，工资只有两元。实在没办法，舅舅就会去市场买一大瓶酱，还有几根豆子做的火腿肠，这样就能对付一个星期。到了学校，冬天还好，被子可以盖厚点儿，加上宿舍人多，也就不觉得冷了。但最难熬的是夏天，汗湿透了床单还要坚持着，蚊帐还不能打开，要不然蚊子太多了。实在热得受不了了，他们就到水龙头边冲一下，然后回来再睡，但不一会儿汗又湿透了。王远中的床就在他边上，一直喊着："真的受不了了。"最后他想到教委家属三层楼楼顶是平坦的水泥顶，上面有风，应该挺凉快，蚊子也不是特别多。他就和王远中商量了下，拿着被子上了楼顶。几个晚上下来，真的惬意。可是好景不长，教委老师去学校教导处告发了他们。半夜里，教导处老师用厚厚的皮鞋把他们踢醒，都给赶下来了。

他们觉得食堂饭菜不好吃，就跑到校门外去吃，两毛钱一顿，比食堂稍微好一些。后来学校管得严了，各班班主任的妻子包了本班的伙食，这样就稍微好些了，偶尔还能吃上个鱼什么的。晚上，学校基本就管不到了。他们肚子饿得受不了，就会去大门口边上一家锅盔店。锅盔是他们当地有名的小吃。水泥做的半人高的桶，里面煤火正旺，把面做成两个鞋帮大小，里面放上各种肉馅儿，然后贴在中间有炭火的桶的内壁。他们闻着飘香的肉味儿，听着肉油噼里啪啦的声音。大家排好队，拿着饭票静静地等着。若干年后他才明白，只有在极度饥饿后，才知道什么叫美味。他特别爱吃带有很多猪油的锅盔，吃完后满嘴余香，旁边的包子店飘的也是这种味道。农家的猪肉，简单的配料，就能香气四溢。包子店是他同学张开国一个亲戚开的。张开国的亲戚一家起早贪黑，生意非常好。张开国爸爸酿得一手好酒，用自家的粮食、自家的井水、自家的酒曲，进行古法蒸馏，口味也可以自己调节。最近学校旁边突然来了几台可以打游戏的电视机，只要插一张卡，就可以操纵里面的角色，比如超级玛丽、魂斗罗等，同学彭璐斌兴冲冲地跑过来告诉大家。彭璐斌很腼腆，话不多，总是穿一身整洁的休闲西服，皮肤白皙，人稳重学习也很好，大家听完都跑过去看。没事的时候大家偶尔会玩一把，四两粮票可以玩一次。有几个同学玩上瘾了，一个星期的粮票没几下就被玩没了，只能靠借粮票吃饭。还好他看得多，自己很少玩，也玩得不好。

那个时候，老师偶尔会体罚学生。裴军就因为上课不认真被班主任林老师打了，下个学期，裴军就退学了。还有一个女生被英语李老师打了，后来也休学不来了。学生的自尊心一旦被伤害，很难恢复，这里面肯定有老师的一部分责任。当然也有很多像胡老师、许老师的老师，虽然平时非常严肃，但从来不会轻易打任何一个学生，他们的言行反而都成了学生的表率。

裴林芝爸爸承包了村里的轧棉厂，村里的棉花都在她家厂里轧。轧棉花就是用机器把棉花籽从棉花中分离出来，棉花可以卖，籽可以榨油，榨油后的棉渣可以喂猪。在一个大车间里，炒好的棉籽做成盘状叠在一起，放在一个大槽里。三四个榨油工光着膀子，肌肤泛着油光，在混着油香的空气里汗如雨下，一个个木头楔子放进去，吆喝声响彻天空。几十斤的大锤在他们手里甩过去，清香的油便滴滴答答地流下来。金黄色的油飘香四溢。他喜欢在旁边看，也喜欢闻这种味道。棉花是一般家庭的主要经济作物，那个时候每千克就可以卖 20 元了。有了棉花，很多人家都盖起了楼房，这是以前不可想象的。村里的老房子不多了，告别了过去的土房子，漏雨的日子也一去不复返了。

这次回家还碰到了好久不见的小学同学熊华。自从小学三年级陈少寒学习就好起来了，但他的语文一般，语文老师平时对他很严厉。记得一次，他寒假作业没写完，熊华作为学习委员进行检查。因为检查没过关，语文老师很生气，要罚他把整本书抄写三遍。实在没有办法，他找几个邻居过来帮忙，但还是没做完。第二天，语文老师看了一下，就这样过去了。这次在路上碰到熊华，他也不好意思说话。他看着她远去的身影，风吹来了稻田的味道，有一种莫名的惆怅。

夏天真的好热，村里有了电就好了很多，基本每家都有了电扇。但遇到停电就只能把床搬到外面，这样才能凉快一些，屋里太热了。晚上如果睡不着，几户邻居就聚在一块谈天说地。那个时候，他觉得世界好小，就在前后的两条小河里。他也没出过这几条河，包括他的奶奶、爷爷，最远到过镇上。家里一直喂猪，一般过年前两个月就把猪杀了。那时还没有冰箱，所以只能把肉用盐腌制后晾起来，在火塘上熏起来，腊肉的味道真的不错，鸡鸭鱼也可以腌制起来。水稻一年三季，粮食够吃。从六年级开始，村里家家户户都买了电视，再不用挤在操场上抢着看了。村里唯一的诊所是一个退伍兵回来开办的，退伍兵还是他的远房亲戚，平时都叫他业兵叔叔。那个时代，大病很少，偶尔头疼脑热的基本在业兵叔叔那都可以看好。诊所、供销社、轧棉厂都开在村头。旁边还有一个村里的酒窖，是低一年级的同学刘玲他爸爸开的。酒窖不大，一个人就能忙活过来。刘玲爸爸很瘦，但有使不完的劲儿，把新出的稻谷煮了，晾干、发酵后蒸酒，每道工序都一丝不苟。煤火被烧得旺旺的，当蒸汽冷却了，流出的液体就是纯正的烧酒了。

沲水河的大堤很高，沿着河远去。又一个周末，他走过一段大堤，就要下坡了，往他家的村庄方向走去。田野里是疯长的棉花，过了棉花田，就是水稻田。今天没下雨，路很好走。最近村里第一批南下打工的回来了，他们穿着 T 恤衫，留着流行的发型，听着耳机里的音乐，很是时髦。少寒爸爸也回来了，一般一年回来两次，好多人都想过来听他爸爸讲深圳的事儿。他爸爸说，深圳真的好大，都是楼房，还有好多工厂。是的，这些变化也在小镇里出现了：小卖部里开始卖香港明星的贴画，还有歌曲磁带。大家纷纷模仿港台明星的发型，特别是香港四大天王，在学校里人气非常高。新楼建好后，课间还是靠人工打铃，由体育郭老师负责。郭老师个头不高，快退休了，平时很严厉，有时也负责寝室纪律。同住一个寝室，每次大家总有很多话题，不能按时睡觉。郭老师很负责，对那些不听话的，要叫到寝室外面罚站，他也被罚过，体育课项目很简单，就是简单的跳远、跑步。

要问他初中究竟有没有喜欢过谁，这个很难说。他对喜欢没有一个明确的定义。懵懂的喜欢肯定有，但现实是残酷的，这在班上都是禁忌，班主任和父母是不允许学生有这种想法的。即使有，也只能深深地埋在心里，连萌芽也不能发。初中四个班，才女有几个，如刘敏、张艳、雷小平等。他也只能远远望着，等自己足够强大才敢说出自己的心声。至少，他们要闯出去了，生存下来了，才敢有这份奢望。班里的同学在初三来临时，都卯足了劲儿。王文华成绩还是一直最好，剩下就是彭璐斌、谭贵华、郭戈林、曾祥华。他也一直在十名以内。学习要想好，没有诀窍只有努力。他在很多年后才发现，育人最重要的是人尽其才，这样每个人都可以成为第一。可是，一个班级的老师没有这么多精力，只能统一教学，这样总要有一些人失去的多一些，另外一些人收获的多一些。当时只有考上一个好高中，以后发展才有更大的可能性。

傍晚的风吹走了午后的闷热，旁边小河里的水退了一些，岸边的青草也露出了头。街外横跨整条河的一座十多米长的小桥，即使在洪水来的时候，也稳如泰山。这是小镇通往外面唯一的通道。他每周都要和同学们通过这个小桥回家，然后又回来。不知道它建成于什么时候，也没有名字，他就给它取了一个名字叫“忘我桥”，就是提醒自己不要忘掉它，无论大家以后在哪个角落。学校禁止下河洗澡，也因为听林老师说河里有血吸虫，所以他们一直没有下过河洗澡。安静的小镇，在下午最后一节课后，立刻又变得热闹起来。住读的忙着去食堂吃饭，去晚了饭菜就没了。他并不着急，反正也吃不饱，早去晚去都一样。他们最多可以花两张菜票吃到一点儿带肉味儿的豆腐干炒辣椒，这样就很满足了。走读的也都忙着回家吃晚饭。但今天很特别，因为班主任林老师一周以前就通知今天有全校的庆祝晚会。大家也不怎么兴奋，唯一欣慰的是可以不用上晚自习了。晚会没有舞台，更没什么舞台设备，就学校广播室的话筒。几百人围着一圈，中间就是舞台，电灯照得地面透亮。晚上满天星斗，周围是小镇安静的树林、原野、河流、麦田，一切都那么安静，伴着凉爽的晚风，都快沉睡了。主持人是他们漂亮年轻的音乐老师。音乐老师个头儿不高，皮肤很白，有一双水汪汪的大眼睛，歌唱得很好，主要能识谱。那时候他们刚接触港台歌曲，很多流行歌曲就是跟音乐老师学的。一首《再回首》将晚会推到了高潮，没有伴奏，但深深地打动了他们。灯光下，整个空气凝固在这个初秋的晚上。很多个晚上，他和同学们都哼着这首歌，以至于所有同学都会唱这首歌。或许这就是青春，或长或短，如果他一直在这个小镇老去，也不会有遗憾。外面的世界好大，但小镇的一处树林、一湾河流，其实就是整个世界。

偌大的寝室，在冬天里很冷。凌晨四点他就起床了，紧接着是王维华。他要出去刷牙，这时只有食堂才刚开火，有水。食堂离寝室不远，煮饭的锅炉冒着热气，炉火烧得正旺。姑姑还有很多老师家属都在那儿做饭了。这个时间点，他肯定要来打水。寒冬的清晨很冷，也很安静。他洗完就去教室了。因为这个时候教室没有电，他只能点蜡烛看书，能多复习一会儿是一会儿。后来，也有很多人加入进来，班长王文华、汪江民也都来复习了，两个小时后便是早自习。早自习有时候太困，就只能打会儿盹。早自习后，他便可以到校门口买两个新出炉的包子吃。刚蒸的包子味道很好，有点儿辣辣的，吃完后一夜的疲倦便没有了。

中考前他要参加县里各种数理化竞赛。县城会是什么样的呢？人肯定很多。他还是第一次坐上去县城的客车，很多同学也是第一次。他望着窗外匆匆闪过的树林、房屋、河流，感觉很奇特。对于考试，他一点儿紧张情绪都没有。他们终于到了县城，带队的化学陈老师安排他们住在一家叫“鲁班”的国营旅社，四个人一屋。第二天，他们在路边小吃摊吃了早餐就去县里梅园小学考场考试了。县城的街道很宽大，楼房很多，街上人也很多，到处都有早餐店。考试后，物理伍老师带他们去县里的图书馆。图书馆很大，他第一次看到这么多书，各个学科的都有。他也借了几本，准备带回去好好看看。以后到县里参加各种竞赛考试的机会多了，他才知道县城就在长江边上。长江的堤更大，江水更急。整个县城就在边上，周围也都是用堤围起来的，是为了防范洪水。

中考要来了。他们学校的学生要到一个大的镇上的中学去考。第一天要熟悉考场，街上一直放着毛宁的歌。随着港台歌手火起来，内地歌手也发展起来。歌真好听，他听着便没有那么紧张了，就可以轻装上阵了。英语李老师也鼓励他们不要紧张。几天的考试终于考完了，一切都释怀了。第二天，大家都回了一趟学校，就像每个周末一样，然后大家又匆匆离开了。他看着同学们匆匆离开的背影，有一股莫名的忧伤。他好想提醒同学们，今天不是周末，应该是个告别的日子，你们不要着急回家，因为一转身，下次再聚可能就是下半辈子了。李溪梅给每人一个拥抱，让大家很感动。看着夕阳渐渐落去，他也该走了，他的青春随沅水河的水流走了。

他们全校有八个人考到了县一中。其中王文华、郭戈林和曾祥华还考上了县一中的两个重点班。他也去了县一中，这是家里很高兴的事儿。上县一中的村里也就两个人，除了他还有一个小学同学刘碧峰。小学学习最好的裴林芝和熊华没考上高中，直接去读了中专。他和她们都没什么联系，其实他一直想见见裴林芝。这个心愿一直埋在他心里，在很多梦里，从小时候开始，一直伴随着整个小学、中学。不知是少年的羞涩，还是爱的萌芽，但这种感情确是真实存在的，他每次经过她家门前，都需要一种勇气。或许，他不需要真正见到她，只需要这种内心的激动，伴随少年的岁月。

第四章　大浪淘沙

第一次

相遇在每个傍晚
从小学的乡道
道边的小花
便开始萌芽
在每个晚霞后

未见你的微笑
忧伤的芦苇丛
在浅水里
期待清晨的第一缕阳光
照到彼此的心里

聚聚散散
从来也未相逢
村头的炊烟升起了
依依水草
回不去的鹅支河

这一次，他确实离开家乡很远，要到县城念书了，一年也回不来几次。他爸妈也出门去深圳打工了。村里的变化很快，很多年轻人都去了南方城市追寻自己的梦想。南方建了很多工厂，需要很多工人。改革开放后，很多城市开放了，可以和国际公司合作。他爸爸是公司的骨干，工资很高，一个月可以挣到三千多元，相当于在村里一年的收入。所以，当他爸爸带回来深圳赚钱的消息，一下子就在村子里传开了，很多人都去了南方。

他妈妈把开学的包裹都准备好了。幸好他爸爸的朋友在县里车桥厂工作，平时可以照顾他。他叫他爸爸的朋友“亲爷”。他要去县里上学了，还是有点儿激动，他知道要到一个陌生的世界了，已经走出了他们古老的村落，肯定没有回头路了。爷爷一直把他送到村头。马上，弟弟也要去申津渡中学读初中了。

爸爸带他去县一中报道。从镇上坐车两个小时就到了县城唯一的汽车站。车站在最繁华的街道上，旁边就是县一中的大操场。一条小河从中学旁边缓缓流过，对面就是一条小的林荫道，还有一个书亭。学校不大，教学楼就两栋，剩下就是老师宿舍楼、操场、食堂。校门正对着县委大门。一个年级也就八九个班。他被分在五班，有 50 多人。寝室就在食堂旁边，是一个很大的房间，住了他们一个班好几十个同学。上下铺的床，把屋里挤得满满的。

寝室里同学来自县里各个地方，大家说的方言都不一样。如果不是继续上学，他可能也会随南下的打工人群去外边的世界学一门简单手艺，去迎接世间的风风雨雨。他应该是一个幸运儿，至少能在这个县里最好的学校体面地读书，追寻自己的梦想。第一个晚上，班主任陈志岗就来了寝室。班主任戴着眼镜，瘦瘦的，文质彬彬的，非常有责任心。陈老师是华师大刚毕业的学生，一毕业就和女朋友来到这个学校。陈老师的女朋友也是华师大的。一对恋人就住在食堂旁边，学校安排的一个简陋的 20 多平方米的小房子里。小房子没有厨房，也没有什么家具。平时吃饭，陈老师也在食堂和他们一起吃。陈老师的女朋友文文静静，戴着眼镜，个头儿很高，也很苗条，挺腼腆的。陈老师和女朋友好像很有默契，平时话不多，但是一个眼神、一个微笑就能洞悉彼此的内心。陈老师很热情，有使不完的劲儿和精力，把班级管理得井井有条。

同学们都很活泼，特别是来自埠河镇的刘冬平。刘冬平个头儿高高的，魁梧且健硕，长着浓密的眉毛和厚厚的嘴唇。刘冬平说大家可以先互相介绍一下，旁边同样来自埠河镇的郭磊、张小钊、郭旭华也附和着。寝室气氛立马活跃了起来。少寒还是有点腼腆，毕竟他是那么瘦小，自己初中同学也没有和他分在一个班，只有小学同学刘碧峰和他在一个班。他们听说他能唱京剧，非要他唱一段。他勉强唱了几句，他们觉得很新奇。寝室外面只有一个很大的公共水房，可以洗漱、洗衣服，没有澡堂。夏天还好，可以在水房里冲澡。冬天就麻烦了，只能去开水房打开水洗澡，很不方便。所以，他最羡慕那些县里住的学生，每天都穿得很整洁，衣食无忧。不像他们，总是担心自己的饮食起居。食堂和初中差不多，他们还是吃不饱，不过偶尔他可以吃个小炒来改善伙食。唯一让他欣慰的是，毕竟是县城，有很多小镇没有的新奇东西。寝室的围墙外靠近球场旁边就是一个很大的台球室，很多同学闲暇里就过去玩儿，一元可以玩三把。还有操场周边，溜冰场、电玩机都有，还有卖小吃的，一到晚上就特别热闹。在操场对面，就是小县城的步行街。县里最好的商铺就在这 1000 米长的街道两边，各种品牌一应俱全。步行街都是一两层的房子，一字排到小河的游江桥边。街上的汽车站，平时都是人山人海的。他最大的乐趣就是周末出去逛一圈，看看夜晚的灯光，看看熙熙攘攘的人群。

开学第三周，他的邻座，胡平化、朱继生约他一起去滑旱冰。他们都不会滑，说可以过去看看。胡平化和朱继生之前是一个初中的，现在朱继生家搬到县城住了，就在车站旁边。朱继生长得白白的，个头儿和他差不多。胡平化有着古铜色的皮肤，个头儿比他高，比他结实。学校体育场边上是一个露天旱冰场。晚上的晚风还是和老家村头的一样，在初秋的夜晚有点儿凉意。但他忽然感觉这个世界变了，过去夜晚的宁静已不复存在。十年前，他听老师说，小县城也是死气沉沉，路灯下见不到几个年轻人，连对面宏泰车站也是人寂寥寥。现在，县城的夜晚也喧嚣起来了，一个新的时代到来了。他也有机会来到这个县里最好的学校埋头苦读，带着家乡的口音，一件褪色的衬衫显得很特别。还好，今天有胡平化和朱继生陪伴。他们说带他去见见世面，去溜旱冰，不会没关系，可以从头学。老远就听见那边扩音器里放着歌手毛宁和杨钰莹的歌，还有香港四大天王的歌。这些歌曲他都知道的，特别是毛宁的《涛声依旧》，歌词改编自《枫桥夜泊》，曲调很是能感动这些朝气蓬勃的学生。溜冰场是一个露天游泳池改建的，就是把水放干了，然后简单装饰布置了一下。有好多人在溜旱冰，都滑得很好，大家在音乐里舞动。也有初学的在旁边练习。门票是一人两元。他们三人都换了鞋，开始在场里练习。他不小心摔了好多次，大汗淋漓的。朱继生经常滑，还教了他和胡平化。他望着场里的人群，初中生、小学生都有，都穿得很时髦，有的一群滑成一串，在音乐里飞舞。一看领头的，居然是同班的魏文平和李艳，他们都是住县里的。魏文平梳着郭富城的发型，脸也很俊朗，除了个头儿不高，其他都是女生喜欢的样子。李艳长得很漂亮，很时髦，有着白皙的皮肤和一双会说话的忽闪忽闪的大眼睛。他多么希望自己也能像他们一样，无拘无束地在音乐里飞舞。平时他和城里的学生交流很少，所以即使他们发现他，也不会注意他。他沉思着，一不小心手臂打到了前面的人，他连忙赔不是。那个人没穿溜冰鞋，在场里闲逛。他突然被那个青年推倒在地，额头很重地磕在地上。胡平化看到连忙赶过来，一问才知道原来他们都认识。这个人休学了，在县城里到处闲逛。一看都认识，胡平化还训了这个人几句。他们以这样的结局结束了这次探险。以后他再也没去过，或许太贵，或许觉得这种场合不太适合他，太多社会上的闲杂人等，风险太大了。还是在校园里，有一个安静的港湾。

少寒同桌崔艳家好像就在电视大学旁边的楼里，不过那也是以后知道的。崔艳一头长发，一袭长裙，每次清晨路过楼下的梧桐树，她的影子仿佛在晨曦里流连忘返。她不爱说话，白皙消瘦的脸上总带着微笑，让大家都感到宁静。窗外的阳光照进来，宁静就写在她的脸上。她的书籍整整齐齐的。前座朱继生的同桌范韦韦是崔艳的好朋友，她们经常一起出入教室。

一中的油江河

夕阳长亭外
柳条小路里
流水无声
伴她的读书声
听得太少
一直在美梦里

走不出这条河
一直徘徊在夜晚里
年少的狂妄

在校园的河边
送你一程
便到了晚秋

回来吧
年少的岁月
其实一直没有离开
厮守在河边的炊烟里
还有它乡
村头的忧郁里

他们四个人也成了朋友。高一的生活过得很快，每天基本三点一线：教室、食堂、宿舍。他们大部分人都吃住在学校。每天六点半起床，然后就是早自习。起床的时候，天还没亮，好几个寝室共用一个水房，洗漱要排很长的队。早自习后，便是早餐。早餐就在寝室旁边的大操场上，几十个外边的早点摊位，有豆腐脑、锅盔、热干面、油条、芝麻团等很多种，这也是他们初中没有的。一般他会要一碗热干面，吃到一半，再加点牛肉汤，这样就不会太干。然后，再要一碗豆腐脑，加上几勺白糖，味道真的不错。学习还比较轻松，没有初三那么紧张。本来他一直对文学很感兴趣，后来不知道怎么放弃了，觉得语文学得慢，不如数学进步得快。第一学期他就成为了数学课代表。数学老师曾老师是南开大学数学系的高材生，“文革”期间来到这里，一直执教到那时。曾老师在攻克哥德巴赫猜想，每天早上开始看专著，午饭后开始验算，一直坚持着。曾老师的这种精神对他是一种激励。可惜，语文和其他功课，他没什么兴趣，成绩很一般。他不是不努力，只是不清楚，到底是方法不对，还是他总是用数学的思维来思考其他学科。第一学期他在班上排名十名以内，他周围几个朋友也差不多，不过崔艳英语比他们都好。

午饭，学校都是承包给外面的大食堂。食堂除了大锅菜，也有单独的小炒。大锅菜肉很少，最多上面有一层猪油。小炒就贵了，一周偶尔才有机会吃一次。晚饭，有的同学为了省钱，就吃一袋方便面，没有开水就把料包粉洒在面上干嚼，味道也不错。一周他可以打一次牙祭，去县车桥厂他亲爷家拿每周的生活费。每年他爸妈会把生活费放在亲爷家。每周大概五十元，应该够花了。亲妈知道他来了，就会做一桌拿手好菜给他吃。这一顿，他会吃得很多。以前亲妈一直在老家，也是最近才搬来，他们没有孩子。所以，他和弟弟就不叫亲爷了，“亲妈”“亲爸”的叫上了。后来，亲爸、亲妈收养了一个女儿。他每次来，都能看到这个小妹妹，她可爱而羞涩。小妹妹刚到一个新家，还是胆小，有点儿害怕。车桥厂离学校不远，过了宏泰车站种子站，沿街一直走到防洪围堤边就到了。

县城地处长江泄洪区，在三峡大坝建成前，洪涝不断。县城周围都是靠防洪大堤围起来的。洪水来的时候，可以救急避难。这也造就了一代代公安县人随遇而安、豁达坚韧的性格。洪水来了没了家园，可以耐心重建。所以，他的祖祖辈辈都豁达，豁达后便是人性的豪迈，重情义。因为他们不知道明天是否会一无所有，但有了情义，什么都能失而复得。这就是这片土地的选择，恶劣的环境造就了一代代永不放弃的精神。

第一学期，他在县城里去的最远的地方就是车桥厂了。学校除了教学楼、老师宿舍是楼房，其他都是平房，被围墙围在校园里面。大门右侧的油江河就不到六米宽，把学校和河对面的小公园隔开。后面的县运动场是县城最热闹的地方，步行街也在操场那一边。后来，他们寝室搬到靠近操场围墙边的一个独立的大房子里，环境变得更艰苦了，屋子里面除了摆满上下铺的床，什么都没有，一张床就是他们所有的活动空间。寝室离水房有一段距离，连洗澡都很难。换洗的衣物要等到长假带回家洗，因为在学校洗了也没地方晾干。还好，他已经习惯了艰苦的环境。至少现在他的肚子还是饱的，穿得也还得体，每天都能学到新的东西，其他的都不在意了。

从不后悔爱上你

最耀眼的是
操场的晨曦
眼还未睁开
便看到你的眼眸
是跳动的青春
还是爱的初潮

秋风吹动她的长发
楼上是长久的等待
等待到
梧桐树叶飘落
他拾起一片
一直珍藏到
毕业的冬天

校园的小路
多么崎岖
雨后新泥多么艰难
只能悄悄地路过那片树林
一盏灯 留给你
便从不后悔爱上你

方便面在那个时代还是新鲜事物，算是奢侈品。记得在初三的一个午后，他爸爸从深圳带回来几包方便面，非常珍惜地给他和弟弟。里面还有两个不同的料包，味道真不错，开水一泡就可以吃。虽然比不上面条劲道，但味道还可以。方便面价格也不低，一包就要好几元，可以吃一顿小炒了。同学邓怀宇居然每天晚饭吃方便面，让他羡慕不已。每个月邓怀宇叔叔都会送来一箱方便面，邓怀宇都干吃，不用开水泡，说味道很好。他也只有羡慕的份。不过他可以在楼下小卖部买几个甜面饼当晚餐。小卖部店面不大，在冬天的傍晚，里面有暖暖的炉火。店员是一个羞涩的小姐姐，他每次去买东西，她都是很腼腆的表情。他每次买两个饼，就是一顿晚餐，听着店里放的港台流行歌曲，便是他的全部了。周慧敏是邓怀宇的最爱，邓怀宇有许多周慧敏的照片，粘贴了厚厚一大本。他去过邓怀宇家，在狮子口镇，就在申津渡镇旁边。其实，邓怀宇家境还算不错，家就在镇里，邓怀宇妈妈在银行工作，姐姐也中专毕业了。胡平化也是他最好的朋友，胡平化的功课做得非常仔细，适合搞科研。只不过那时的胡平化还没到这个境界，也没有这个追求。每个人都这样努力奋斗着，包括他的初中同学彭璐斌、王维华、谭贵华、曾祥华、王文华。贫贱之身，必先苦其心智，劳其筋骨。

长江头，寒冬冷雨，乱石头上双双影。
小巷里，挥手一别，一桌乡愁满堂风。
校园里，天涯尽头，再回首一秋海棠。

碰上学校有一个长假，他终于有机会回一趟老家。因为父母都在深圳打工，家里只有爷爷；他有很多换洗的衣服，爷爷洗不好，他只能去姥姥家。客车慢慢驶离这个小县城，在国道上飞驰而去，过了黄金口大桥就一半路程了。这个大桥修好后，就方便多了，以前都是从南平镇绕很远，还要坐摆渡船，时间很长。过了大桥，就是虎渡河上的小桥。千湖的水乡有太多美丽的河流，环绕着富饶的乡土。所有小镇都依河而建，沿河的大堤一望无际。他的同伴们就是在大堤边长大的，一路上记忆又回到遥远的过去。东港镇很快就到了，姥姥家就在附近，不过下了车还要走五里地。不一会儿天就黑了，秋天的天黑得太快了。他上车时买的苹果还有半个没吃，现在有点儿饿了，想着吃完苹果再出发。本来一同上车的还有两个其他班的女生，平时也见过的，只是没说过话。他想着，要是能同路一段就好了，毕竟路还好远，其中有一大段路没有人家，只有农田。对于东港镇他还是熟悉的，小时候他就经常和妈妈上街卖棉花、稻谷等。镇医院就在大堤边上。大街上的电影院已经破烂不堪了。他赶紧跟上前面两个女生的脚步，能同一段路也不错。沿着小河的路好长，可惜在前面的岔道，她们就转过去了。下面的路，他要一个人走了。一望无际的棉花地在夜色里特别安静，满天的星星好像也要睡觉了，连风声都听不到，只能听到他自己的脚步声。路面还算宽，平时可以走拖拉机的。走到一半，他还是有点儿害怕，周围就他一个人，天黑得只能看到前方的大致方向，他连手电筒都没准备。路边，还有青蛙跳来跳去的，好像在故意吓他。他来不及多想，只想快点儿走。背包里有要洗的被单、衣服，一时感觉特别重。夜色里，他总感觉有一个很小的影子一直在跟着他，就在后面，不知道是幻觉还是真实的。他停下，往后面看一下，又看不清那个小影子。他也不敢跑起来，路面太黑，前面不知道有什么。走了一大半，终于可以看到前面村路旁的灯光。黑夜里，夜灯闪烁，给了他无穷的力量。有了灯光，他终于可以舒一口气了，脚步也均匀了，过了这片小树林就是姥姥家了。他很快到了屋前，堂屋的灯好亮。他长舒了一口气，大声叫着姥姥。姥姥一看是他，高兴极了，怪他不提前打招呼。他放下衣服、被单，让姥姥明天给洗。他还好好地吃了顿姥姥做的饭菜。从小他就觉得，姥姥做的饭菜最好吃，不过他妈妈也没学到姥姥的手艺。姥姥是一个与世无争、无比善良的老人，一生都在带孩子，劳作一天还要给一家人做一日三餐，繁重的家务就是她的全部。

假期很快过去了，下午得返校，要赶回去上当天的晚自习。到校后第二天，刘冬平急匆匆过来，说学校旁边空出一条巷子，好几十家小饭店正准备开业，是专门供学生消费的商业一条街。没几天商业街就火起来，每到饭点，几乎每个店都满员。菜很便宜，适合学生消费水平，主要味道比食堂强很多。最诱人的是，每人三元就可以一起点一个火锅吃，火锅有鱼的、肉的，菜可以随便加，饭管够。如果火锅里面油不够了，还可以加一大勺猪油。这也是每个周末他们最惬意的事儿，过去那个吃不饱的时代终于过去了。生意最好的是歪哥的小店。歪哥脖子有点儿歪，所以大家都叫他“歪哥”。歪哥媳妇打下手，也很勤快，就是两人经常吵架。歪哥媳妇经常抱怨歪哥喜欢看漂亮小媳妇。旁边街道的漂亮女服务员也都来歪哥家来吃饭，歪哥一高兴都忘了要钱，而且肉也放得多。好几次两人吵架，歪哥急了，打了媳妇，歪哥媳妇还叫了娘家的人过来帮忙，闹着要离婚。当然，离婚只是一句气话，后来日子也就这么过着。他们经常换着店吃，这家凉拌菜不错，那家火锅地道。他同学张小钊好像就固定在一家，特点就是炒土豆丝要放五大勺辣椒，可以吃好几碗饭。对他们来说，整条街都是青春。

刘冬平恋爱了，而陈少寒还不知道恋爱是什么感觉。后来远远地见了一次刘冬平女朋友。她是邻班的女生，有着白皙的面颊，留着一头秀发，高挑的身材，眼睛如一湾秋水，静谧而温柔。她几乎不说话，也没有笑容。她爸妈就在商业街开了一家小店。他们也经常过去。店很小，很干净，只是菜的味道一般。后来他们约她去江边玩儿。那也是他第一次去长江边，虽然不远。江边的乱石，还有滚滚江水，还有一段沙地，他觉得很好玩儿。从一头走过去，直到远处的树林。在江边的石头上跳跃，找一块大的石头，他们和她就一起坐着。大家都不说话，就看着江水。或许，他们都在思索自己的未来，就如这江水，奔涌向前。后来刘冬平就单独和她去江边了。刘冬平说吻了她，吻得很深，她激动地抓得刘冬平头发都掉了不少。刘冬平有一把她的梳子，会在每个晚自习后的夜晚，在江边的石头上给她梳长长的头发，慢慢地梳；他们还一起看夜景，看来往的夜船。那段时间，刘冬平很幸福。他不明白为什么刘冬平和一个女生在一起会这么忘我，连他们的友谊都不顾。后来，刘冬平说她要把她的第一次给自己，刘冬平还是吓了一跳。在刘冬平褪下她衣服的时候，还是克制住了，虽然感受到那急切的彼此的热气。好像不是害怕，而是一种原始的克制。过了一些日子，不知道什么原因，刘冬平还是和她分开了，也没吵架。后来，他也没见过她，记得她脸上好像有个痣。每次看到她的背影，他也还是一直看着她远去，消失在校园的小道上。发生这样的恋情，在学校里还是很少的，即使有，大多数同学也是在心里。像刘冬平这样轰轰烈烈的恋情就更少了。更多的是像他和高青山这些看到女生局促不已，红脸的人。刘冬平还是惹了事，练气功的政治老师因为在老家和别人有了冲突，把刘冬平他们“埠河帮”叫去打了别人一顿。后来，派出所找到学校。还好有班主任求情，只是到派出所批评教育一番就放了。他和高青山因为有刘冬平保护，基本没人欺负他们。特别是校外的无业青年经常到学校来，但他们也不敢惹“埠河帮”。刘冬平算是他们当中一个另类了，学习不错，特别是英语。后来刘冬平也报了文科班。当时文科班就一个，升学率也不高，大部分人还是选择理科班。

县里开了好几家电影院，电影院现在改名叫“大炮筒”了。先是在三袁广场有一家，后来其他街道也有了几家。三袁广场上什么都有，特别是到了晚上人山人海的，烧烤、台球、电影、溜冰场、游戏机，应有尽有。第一部火的电影就是《火烧红莲寺》。他买了票，虽然有点儿贵，但电影还是非常精彩的，只是他不明白电影院和以前的放映机有什么区别。电影散场后，他和邓怀宇去游戏厅打拳霸。他打得不好，邓怀宇可以打通关。后来过了几个月还看了电影《唐伯虎点秋香》。在霓虹灯的辉煌里，可能他们都忘了广场上高高矗立着的三袁雕像。三位袁姓文学家就是出自这个小县城，也是少有的进士才子。可能这些对他们来说都是太遥远的事儿。县电视台也在广场旁边，高高的电视塔远远地耸立在半空中。县委大院他从没进去过，远远看去，里面也是一排两层的老房子，就在油江河边，绿树成荫。旁边不远处是一家小的私人诊所，还有一个牛肉面馆。说起牛肉面，他还是觉得县城的牛肉面好吃。面条是用碱水特制的，有点儿发黄，用热水烫一下，再放进去炖了半天的牛肉汤，红色的辣椒配上熟透入味的牛肉，半条老街香气四溢。牛肉面有点儿辣，他还要再吃一碗蛋花酒酿解辣。

这个周末，他约了刘碧峰、裴之华去油江河旁边的小公园看书，小公园其实就是一长条靠河的小树林。树林里有长椅，可以在上面看书。他一般会拿一本英语词汇书，背一会儿英语单词。背单词很是枯燥单调，看一会儿就没兴趣了。他们三人便开始聊天，什么都说。下午的时光就这样过去了。阳光暖暖地洒进旁边的小河，很治愈。一种叫夹竹桃的花开得遍地都是，有几片漂在河里，流水缓缓，也就一直在他们旁边，陪他们一整个下午。离开小公园后，他和裴之华去商业街吃晚饭，刘碧峰回学校食堂吃饭。

越过秋天的山岗
便看到故乡的老黄牛
一点点红透的枫叶
就在满天的树林里
就她最耀眼
成了他故乡的色彩

小河干涸透了

河底蔓延着青草
脚步可以到彼岸
看到她青春的笑脸
过去和未来
便都在秋天的落叶里

五姨在春节过后就没再和她男朋友去深圳了，而是回了县城。离五九路不远有条街，是服装集中地，有几百家小店铺。每个小店铺不大，就几面墙上挂满了各式衣服。港台流行的款式在县城也开始流行了。五姨和她男朋友用在深圳打工的钱也租了一家店铺卖女士服饰，在几条街后靠近县小学的地方租住了一个两室一厅，其中一个房间空出来给六姨和六姨父住。六姨父在县里车胤中学教书，学校暂时还没分房子。每个周末，他也去五姨家。小舅舅也从深圳回来帮忙卖衣服。他们生意在那个冬天特别好，所有店铺就他们家卖得最好。一年下来，五姨就在五九路步行街租了一个专卖店。五九路是县里最有名气的步行街，衣服的档次最高。县里的第一代暴发户好多都是这里出来的。这次，五姨和别人在五九路合伙开的是一家男装专卖店。房子也租得近了一些，就在油江桥附近，是三室一厅。后来二姨也嫁到县里，住在五九路不远的鲁班旅社后面，就是他初中参加县里的数学竞赛住过的鲁班旅社。鲁班旅社是当地一家建筑公司开的，二姨父就在这家建筑公司工作。二姨父离过两次婚。二姨本来在老家小学教书，经介绍认识了二姨父，到三十六岁才结婚。二姨也算村里数一数二的美女，又是老师，婚配条件要求比较高。现在经过别人介绍才认识二姨父，二姨父能说会道的，很快就把二姨接到县里住下了。二姨父和两个前妻的女儿住在一起。他偶尔也过去，二姨父也会做好吃的给他。二姨父对工作不太上心，家里一直超支。二姨家邻居也是二姨父单位的，也就一个女儿。因为他经常去，一家人都认识他。邻居家女儿好像要大他一些，很高的个子，休学了，便在县里随便找了点儿事儿做。一个院子就两家人，关系也非常融洽。

假期他也会回申津渡拜访二姑、三姑。几个表弟、表妹也可以一起玩耍。三年初中，他和他们都经常一起吃住，就像自己家一样。这次，他还专门给表妹王圆圆带了一个小礼物。最近班里流行做手工，把一根铜钱用丝线缠起来，然后可以挂在胸前。他求了同桌好多天，才给他做了一个，也花了不少工夫。他回去兴奋地送给表妹王圆圆。秦冲、秦朝阳还有王欢欢也都聚在一起了。秦冲做事总是一丝不苟，秦朝阳就比较随意，王欢欢也是，王圆圆比较认真。后来王圆圆和秦冲都去了东港中学，只能节假日才能聚在一起。他们也会一起到河边玩耍。冬天的河边满是枯草，水厂的抽水塔就在河边。靠河边的围墙进去就是镇政府，舅舅家就住在里面。舅舅在教委工作没几年就到镇政府工作了。他们会把枯草点燃。枯草很干，火很快就蔓延开，一直烧到堤下面。枯草烧掉了，明年就很快长出新芽。王欢欢看火大了就害怕了，不过后面火自己就熄灭了。岸堤延伸很远，也有芦苇在河里。他们会沿河一直绕整个小镇走下去，到夕阳快落山才回家。

然后二姑父就会给他们烧一桌好菜。二姑父做菜在镇里面很有名气，同样的食材在二姑父的手里就能做到色香味俱全，这也是他每次回二姑家的动力。二姑也把家里收拾的一尘不染。虽然二姑父对他们都很严厉，但他们还是喜欢在一起玩耍，嬉闹、打牌、看电视、到街上买零食。王冲冲喜欢港剧里的古惑仔，特意买了画贴在卧室里，还经常跑步健身，身体锻练得非常结实。

匆匆地来
轻轻地去
带不走村头的夕阳
滗水河的水
干了又满
还有那个小屋
再也看不到她的笑脸

烧尽枯草
燃掉了一河的愁苦
还有短暂的人生
望一眼故乡的水塔
下次再来
已经如你一样沧桑
他的人生就是
一个匆匆过客

人生最重要的历程，高考就要到了。高三是一个必须要迈过去的坎。似乎，前两年的学习都是在为这一年酝酿着，无论心智，还是体力，都在逐渐积累力量。高三第一天，班主任杜老师就来了一个下马威。杜老师是“老三届”第一批大学生，是省里一所名校的高材生，同时也是大学武术队的佼佼者。他印象很深的是，杜老师的几个体育生每天很早都会在学校篮球场开始操练，动作和李连杰演的电影《少林寺》差不多，这也成了学校独特的风景。杜老师很健壮，眼睛炯炯有神。杜老师是教化学的，自那天开始，班主任就真正进入了他们的生活，也从这个时候，他们重要的记忆才真正开始。

他的好几个申津渡初中的同学都在同一个班。他刚开始和李莉安同座，前面是袁珊。她们俩都是走读生，所以吃住都可以在家里。李莉安活泼可爱、乐于助人。她有个非常宠她的父亲，她母亲也十分和蔼。他觉得她真的好幸福，父母都在身边，每天都能见到。李莉安喜欢笑，像郊外石桥边漫天的太阳花，永远都是那么阳光。袁珊就不一样了，一张粉红的娃娃脸上面却长着一双忧郁的眼睛。每当晨读的时候，迟到的袁珊都会很羞涩地跑进教室，然后留给他无限的遐想。他和胡启华住一个寝室。胡启华很健谈，知道很多事情，杜老师乐于把很多事情交给胡启华管理。班上成绩最好的还是他们几个初中同学，特别是谭贵华，他姐姐就从一中考上了清华大学。英语最好的是邱佩丽、陈蓉。时间总是过得很快。高三每周就只放半天假了，一个月放两天假，他可以回老家换洗一次被褥。期中考试他考得还可以。之后学校放了一次假，他回到老家。家里就他爷爷一人，弟弟也在初中住校。这次回去主要是看一下爷爷，爷爷岁数也大了，一个人照顾自己。他从县城坐车到镇里，然后走回家还要一个半小时。其实还有另外一份牵挂，自从上了初中就很少听到裴林芝的消息了。刘碧峰告诉他，她初中考了一个中专，也不知道去了哪。如果有机会，说不定他能在老家碰到她，但他知道即使能碰到她，他也没有勇气跟她说话，只能每次默默地经过她的家。爷爷不知道他回来，看到他非常高兴，赶忙杀鸡做饭去了。屋后的菜地还是和以前一样种满了各种菜。吃完晚饭，他爷爷说要出去办事了，爷爷是村里乐队的主力。他一个人晚上就住在偌大小楼里，外面的风刮得很紧。周围的一切，都是他熟悉的，门前的小河还是以前那样的清澈，只是没以前显得那么宽阔了，他的视野和身材的变化，显得小河没有以前那么让人敬畏。半夜，睡梦中的他忽然被一阵响动吵醒，他本想不理会继续睡下去，没想到声音越来越大，他只能战战兢兢地打开电灯起床查看。声音是厨房那边的火房传来的。一打开放有火盆的屋子，他吓了一跳，屋里烟雾弥漫，火盆里没有熄灭的木炭火把旁边木材烧着了，烟蔓延到猪圈和鸭圈，猪和鸭子拼命地往外蹦，响声很大。他急忙用水把火灭掉，幸好火烧得不是很大，要是晚发现一会儿，后果就不敢想象了。灭完火，他还心有余悸，好久才平静下来。第二天，他好一阵嘱咐爷爷下次离开家前一定要把火灭仔细了。然后，他收拾好包裹，就匆匆启程返校了。下次回来又是几个月之后了，那时全家就可以团聚了。这个冬天很冷，寒冬来得很早，清晨的霜都挂满了校园的树林。

离别在夕阳后

夕阳西下
离别的秋天
落叶铺满校园的小道
还没数清
你的影子就消失了
在遥远的他乡

晚霞飘落在你的怀里
离别的背影
就在胡同的墙上
再望一眼
便是永远

黑夜里是他独自的守候
夕阳的余晖后
便是长久的黑夜
犹如孤独的守候
就一丝笑容
便能伴他度过

整个寒冬

五九路中心路口，繁华嘈杂。商场旁边的音像店整天放着王杰的歌，声音很大，他每次过去从很远就能听到。《一场游戏一场梦》这首歌流传很广，他也不明白这首歌的意思，就觉得很沧桑，王杰的声音很特别。爸妈受五姨、五叔的影响，也从深圳回到县城来寻找发展机会，毕竟五姨发展得不错。他在农村老家的房子由爷爷在打理。爸爸在县小学附近开了一家服装店，租的是一家公司的门面，旁边是一家蛋糕店。周末时，他会和蛋糕店的哥哥、弟弟一起去看电影。他也学会通过手势和弟弟交流，有时候，他还没比划，弟弟就能知道他要说什么。生意好的时候，弟弟也很忙。他看他们把好多鸡蛋打到一个大盆里，然后与面粉混在一起，再放到小的蛋糕模具里，然后放进烤箱，不一会儿便香气四溢。后来快要过年的时候，街道一边搭起很高的长台，有好几百米长，说是新年福利大抽奖。音响声响了好几天，街上人山人海，大家跟赶集似的都跑过来抽奖。还真有人抽到大奖，一等奖是桑塔纳轿车。抽到了，到处放鞭炮庆祝，一路狂奔。他和弟弟逛了一整圈，也没钱买一张，觉得这是大人们的事儿。后来，弟弟不知道因为什么事和哥哥大吵了一架。虽然后来俩人合好了，但哥哥还是一个人到另外一个县城开了自己的蛋糕店，再然后他就再也没见到哥哥了。早点一般都在隔壁靠街角的一家面馆吃。面馆地方不大，也就十多平方米，大家都在外面桌子上吃。一对中年夫妻把面条做得非常好吃，浇头有牛肉、猪蹄、肉丝、牛肚，生意非常好。无论风吹雨打，面馆都准时开门，连过年也就休息几天。夫妻俩很随和、勤劳，天没亮就开始忙活，一直忙到下午才收工。

高三他们在老教学楼没上几天课，就搬到新的大教学楼了。新教学楼可以容下所有班级，每层有十几间教室。他们的教室在四楼。班主任杜老师安排好了一切，很快都恢复到以前。宿舍楼就在教学楼后面，他们住在一楼。环境还是和以前一样，比较艰苦，还是二十多人住在一个摆满两层床铺的小屋里，洗漱在一间公用的大屋里。自从新教学楼修好后，学校大变样，所有老的房子都拆了。教学楼前面还修了一个大园子，种有各种树木花草，还有一个大喷泉。特别是新的食堂也建起来了，每人都有一张饭卡，大家通过饭卡买饭。菜的种类也比以前多了，味道也不错。这样一来，他们去商业街吃饭的次数也就少了，再加上快高考了，压力慢慢地加大了，大家所有的精力都集中在教室、食堂、宿舍，每天三点一线。

高三的体育课全部被取消了。他喜欢足球，但体育场很少有人踢球，倒是有很多人打篮球。胡启华、胡平化、彭璐斌他们都喜欢打篮球，每个周末他们都会一起打一场，然后一起去商业街打个牙祭。一般他们四五个人点一个鱼头或者排骨火锅，每人一瓶啤酒。吃火锅的好处是，涮青菜不要钱，吃到一半，老板娘会放一大勺猪油到火锅里，这样涮青菜就有了足够的油了。傍晚，夕阳西下，这家店老板娘沧桑消瘦的脸在熊熊的炉火边显得那么疲惫。她家生意特别好，她炒菜，她老公打下手。她家有一男一女两个孩子。因为实惠加热情，所以一般他们都在她家吃火锅。店里最忙的就是午饭和晚饭两个小时时间。在催促、吵闹、叫骂、敲打声中，老板娘的身影犹如一颗枯树马上要倒在斜阳里。周末就在这个愉快的傍晚结束了。他们吃得很饱，每人才不到三元。

隐入烟尘

孤影圆月夜林深，油江桥外校外灯。寂寞少年一夜梦。秋风起，少女情怀书亭台。

歪哥小街炉火旺，饥肠一锅衣带宽。围墙一中雨水湿。雨滴落，恩师一语乱雨声。

大家马上要准备期末考试了。冬天来得很早，寒意袭袭，最难的是早上，大家都很难起床。天刚亮，睡意还很浓，看大家都起床了，他只能跌跌撞撞去水房。用冷水来洗脸，能让他立刻清醒，然后开始一天的学习。他喜欢物理、数学，但他总是努力要用自己的方式理解，觉得物理、数学的起源其实是一样的，只是被分成两个分支。他也尝试和谭贵华讨论过这些，谭贵华说现在讨论这些太不现实了，等大学以后慢慢深入学习，他一想也有些道理。天气太凉，加上压力大，好多同学都感冒了。他也感冒了，学校大门对面就是一家私人诊所，诊所是县人民医院的一对年轻夫妇开的。夫妻俩不到 30 岁，有一个可爱的女儿。小女孩放学后就在小诊所里写作业。诊所店面不大，他经常去买药看病。有一天他发烧特别厉害，医生的妻子带他去人民医院查完血，晚上他还没退烧只能睡在他们诊所。夫妇俩仔细地照顾他，直到第二天他退烧为止，他很感动。他从初中就离家住校，早已习惯一大堆人住在一起，大夏天热得受不了，要半夜爬起来冲凉水，还有冬天洗凉水。在这个小的诊所里，他感受到了久违的温暖，让他刻骨铭心。

校门口，有一个卖牛肉面的小摊点。三元五角一碗的牛肉面，可以当作晚饭。还有一个做蒸汽米糕的老头儿也经常在旁边。烧得很旺的炉火把水烧开，用蒸汽把米粉蒸熟，真的很好吃。期末考试，他成绩不理想，比期中考试少了 100 多分。他都能感觉到同学无声的诧异，所以这个冬天他感觉好冷，压力就憋在心里成了一种负担。好几天，他都沉默不语，感觉不到马上放假的欢喜。老师把考过的试题跟他们仔细分析了一遍，然后就放寒假了。这个冬天特别冷，全家人都回了老家。一场大雪把他家菜园子的篱笆压得摇摇欲坠，好多年都没下这么大的雪了。他整天在火炉边取暖，拿了化学补习资料看，手冻得太厉害就烤一下火，然后再看。他其实很努力，但要打开那扇门要很长时间，可能一辈子也不会，但他要坚持下去，只有坚持他才有唯一的机会。因为一点儿小事，爸妈夜里吵起来了，他只能过去劝架，到半夜才睡。整个假期，考试失利的阴影一直压抑在他心里，让他没有半点喘息的机会。时间飞逝，又到了返校的时间，他走到镇客车总站，因为大雪，只能坐客车过虎渡河的轮渡。虎渡河旁边是南平镇。他路过这么多次，也没去逛一下这个县城第二大的小镇。他再换一次车就可以到县城了。回到熟悉的校园，一切依旧，每个人都带着新的勇气在朝阳出来之前慢慢踏上征途。他只有一个选择，就是高考。整整 12 年的奋斗就为了高考。他们理科班男生语文都不好，因为能留给他们读书的时间太少。题海战术让他没有时间读完一本名著。一本台湾诗人的文集他一个学期都没读完。到后来才有一些人明白，学习的灵魂是培养一种独特的思维，在不同的思维方式中发挥你的特质，才能去理解各种学科的核心，才能灵活应用，随心所欲。他们当时很少有人能明白这点，包括老师。那时，他们学生一直像一个疲惫的孤独客，被疲惫不堪地驱赶着疲于奔命。但时代就是这样，谁坚持到最后，谁就有机会抓住属于自己的机会。

语文课上，老师在读邱佩丽的文章，是这次考试中写得最好的一篇。语文老师是一个瘦高个儿老头，特别和蔼，每次都兴致盎然地讲解答案。老师做了点评：留给孤独一点空间，北京再见。这让少寒感动了一个早上。他的初中同学谭贵华是班里第一名，考去北京应该没有问题。邱佩丽在班里也是前五名，所以梦想就在眼前。可他的梦想在哪呢？他能考上大学就不错了，除了孤独还有一点儿失望。袁珊这段时间也写起了言情小说，她写完后，李莉安便一小段一小段地念给他们几个听，听得他面红耳赤，这也成了他们紧张的周考后唯一的乐趣。他们有时候还调皮地把他的鞋带系在一起。

刘慧也和他住一个寝室，人很瘦，话很少。但是刘慧消瘦的脸颊透着些许坚韧，总是穿一身朴实的外套。寝室马上要熄灯了，胡启华说起杜老师的武术学生，也是他同班同学胡小华，喜欢上邱佩丽，说要收拾一顿谭贵华。后来据小道消息说，杜老师训了胡小华一顿，这个事儿就不了了之了。他倒觉得邱佩丽也没那么好看，也就个头儿高一些，皮肤白一些，英语好些。不管怎样，他都是站在谭贵华这边的，他对体育生有一种莫名的排斥。体育生经常欺负别的同学，特别是有段时间他睡眠不好，买的好几盒营养液都被胡小华他们几个体育生从床上找出来一次给喝没了，他还不敢和他们理论。平时，杜老师对几个体育生管得很严，几个体育生都很怕杜老师。但他知道杜老师应该是属于那种外表冷酷、内里热心的类型，因为每次同学有困难，只要跟杜老师说，他一般都不会拒绝。但让他很内疚的是，他的成绩一直没有明显提高，从杜老师的眼神里他明显看到了那股切的期待。杜老师话不多，但他永远都能感到一种无穷的压力。好几次，他和吴俊峰下了晚自习还在教室里复习。他也知道这样效率不高，但他就像一个无头苍蝇到处碰壁，希望能找到出口。杜老师到教室把他们劝回去了。好几次，因为他回寝室很晚，睡得早的同学不给开门。好在他的数学成绩一直很稳定，这是值得欣慰的。数学曾老师没跟他们到高三，换了一个年轻的老师，新换的老师带着一个茶色的眼镜，个儿不高，看起来很和蔼。赵娟娟经常提问题，老师辅导得也非常有耐心。物理老师一板一眼的，也很关心他，倒不是因为他成绩很好，是因为他经常提一些有兴趣的问题。

游黄山头

青春的午后
山的影子里
是她飘落的长发
听到山风的呼吸
还有跳动炽热的心

流水无情
带走他的怯弱
孤独的少年
还在久久的
守望远处的稻田

回来吧
归来吧
还在那条老街
让他们挽起手臂
一起看黄昏里的晚霞

后来班里又换了座位。他和王平坐到一起，张前熊坐在前面，还有张前熊的初中女同学张晓艳也坐在前面。王平喜欢和她说话。王平告诉他，如果高考报志愿，自己一定和张晓艳报同一个学校，但是能否考上，要靠缘分了。张晓艳生日那天，王平写了一首诗给她，张晓艳感动了一下午。其中有一句特别感人："每当夕阳落下，都深深祝福你永远快乐，远处的钟声响起了，祝你生日快乐。"张前熊身体素质不错，一直想去军校，所以报了军校。他后面还坐着一个女生，是刚转过来的，给他们留下了很深的印象。那个女生很沉默，每天都抱着一个大水壶。她白皙的脸庞显得那么消瘦，身材瘦小，一头长发特别显眼。她很敏感，他偶尔刻意和她说话，她都表现得非常冷漠，眼神中透着忧郁。后来才从张晓燕不经意的话中听到她好像得了白血病，一直在治病。张晓燕是她在班里唯一的朋友。他们觉得她可怜，生了病还要学习，每天要喝很多水。没过几天，她就又回家去治病了，后来再也没有见到她。听说她病情加重了，是她的爸爸来接她回家的。他感觉她就是这个初夏的丁香花，那么楚楚动人，一阵晚风过后就飘落了，隐匿在校园的尘埃里。

高考下周就要来临了。他没有什么特殊的感觉，倒是题海战术的节奏慢下来了。杜老师强调可以养精蓄锐，可以回归课本基础知识的复习。考点就在他们教学楼，好多乡镇高中的考生也陆续来熟悉考场。他看到嘈杂的校园，同学们有兴奋的，也有洒脱的，还有平静的。他还是和往常一样。现在大家都开始准备毕业留言簿，一个大的笔记本上，每个同学都忙着给彼此留言。袁珊还给了他一张照片，后面写着"愿你摘下满天星"。他很珍惜地放在本里。第二天就要考试了，他和几个初中同学一起吃过晚饭，在通往学校大门的林荫大道上，谭贵华提议，要正常发挥，晚上睡眠很重要。彭璐斌也支持这个想法。他们九点后就回了寝室，今天例外，整个寝室早早熄灯睡觉了。外面的世界顿时安静了下来，但他心中却汹涌澎湃。他使劲儿让自己入睡，但还是一夜无眠。睡不着的痛苦，伴随早上的晨曦。他们都早早地起床了。问了其他人，他们也没睡着，谭贵华说头好疼。一阵忙碌后，他们去了考场。考卷分 A、B 两种，邻座的考卷不一样，但斜对座的试卷是一样的。语文草草考完，作文是议论文，大家写得也千篇一律。主要他的字不好，估计拿不了高分。第二天考英语，斜对座的一个考生，个头很高，早上竟然还威胁他，让他把卷子挪到边上方便抄。他立刻感到害怕了，不得已告诉了杜老师。杜老师马上跟考场总监考史老师说了。史老师考前把那个考生叫出去询问了一下，那个考生这才老实了。两天半的考试终于结束了，无论考得怎样，大家终于解脱了。校门口，妈妈早早地等在大门外，挤在一堆家长的人群里，翘首以盼。

高考后没几天，他和谭贵华、李莉安、邱佩丽、王平约好去黄山头爬山。张前熊、张晓艳还有徐云德三家都住在黄山头。黄山头的黄山是江汉平原这个鱼米之乡上唯一的小山。一群人约好先到了张前熊家，就在镇上泄洪闸的桥头上。张前熊爸爸退伍后，就一直在泄洪闸上班。以前洪水肆虐，修了这个闸，就可以保一方平安。至于具体怎么保护，他们也不清楚，听说是一个不小的工程。他们走在水坝上，下面就是激流。不远的地方就是水库，午饭后他们在水库边漫步，晚上他们就要赶到不远处下面村里徐云德家了。徐云德家就在防洪大堤下面。徐云德爸爸知道他们要来，昨天晚上就去稻田里捉好了野生的黄鳝来招待他们。徐云德和爸爸一样，个头儿不高，但非常壮实。徐云德爸爸是朴实的庄稼人，有着黝黑的脸颊。第二天，他们约好去爬黄山。黄山不高，海拔也就 500 多米，张前熊说他一个来回就两个多小时。早上出发，没几步他们就觉得累了。高三一年，他们体力下降太多了。半山居然有个鬼城景点。到山顶，有座很大的庙。山上有很多学生，应该和他们一样，都是高考后出来散心的。忽然，他发现居然又碰到考场那个高个儿，还真是有缘分。他们在那儿照了一张合影。李莉安非常高兴，一路都像小鸟一样叽叽喳喳。从山上看山下，河流流经整个小镇，蜿蜒流向远方。下山轻松很多，在石梯小道上，他们雀跃着下山了。晚上在张晓艳家吃饭，王平很紧张，王平好几次跟他说，特别想跟张晓艳表白，至少要让她知道自己的心意。他也不知道怎么去鼓励王平，这方面，他比王平更怯懦、窘迫。他看到王平好几次和张晓艳单独在一起时，也没说出那句话。最后，留给王平的是无限的沮丧和懊悔。是的，可能过了今天，不知何时再聚。后来他知道，王平和她也没在一个大学，可能再也没见面。倒是谭贵华和邱佩丽一路很惬意，一切心事都在彼此眼神里，可能是心心相印吧。晚上黄山头的老街里，石道不长，灯火跳动着，前面是山，后面是河。河水流走了青春，伤透了乡愁。

风的季节

风吹过江堤
等在冷风中
她的单车轻轻而过
在每个清晨
直到车碾碎了一地落叶

一直害怕
见到她忧郁的眼神
匆匆而过
期望她回头
便拥有整个秋天

许老师说，人生就是多跌倒几次，永不放弃，在黑暗中，你肯定可以找到光明，绝望过后是无尽的希望。

两周后，高考分数就出来了。他惴惴不安地来到二楼杜老师的办公室。杜老师和杨老师在窗边面对面坐着。杜老师埋着头，仔细地看着一张写满整班成绩的纸，久久没有抬头。他有一种不安的预感。杜老师终于发现了他，仔细地寻找着他的名字，他的总分才刚过500，除了数学，其他科目都没考好，特别是语文，考得太差了。大部分同学都考得一般。杜老师没有再说什么，他们几个初中的同学都考得不好，特别是谭贵华也才570多分，离预期的630多分差得太远，北京那边的学校是去不了了。邱佩丽发挥还算稳定，考了580多分，和她报的学校提档分数差不多。他很难过，替自己难过，也替他们难过。杨老师建议他复读，说再战一年一定能考好。他知道今年二本也要510多分，要去一个好学校基本不可能了。他不知道怎么回的家，脑袋里一片空白，走过熟悉的街道，穿过客运中心大楼，回到车桥厂旁街道边爸爸的服装店。爸妈也知道了分数，但对分数没概念，只是知道不够好。接下来怎么办，一时大家也没主意。接下来爸妈找了所有他们认为能帮上忙的熟人，希望能打听到一些消息，或者能有什么好的建议。他一直待在家里，偶尔出去找同学王维。王维考了530多分，应该能去武汉的一所二本。王维弟弟读高二，明年也要参加高考。王维教他玩一种叫“大航海时代”的游戏，但他心情一直很低落，一点儿兴趣也没有。后来爸妈还是找了二姨父的同事，说在武汉那边认识人，可以打听一下。他和妈妈急匆匆地和二姨父一起去了趟武汉。那是他第一次到武汉，武汉好热，城市好大，高楼林立，长江大桥好雄伟。姨父的熟人在武汉一所大学当教授，说可以帮忙问问。下午，他们就匆匆赶回去了。后来他们也找了一些熟人，但都没了音信。一个月很快就过去了。有次在街上他碰到了一个同学，说下周复读班要开始上课了，问他去不去，或者可以先去看一下。于是他决定先去看看。虽然武汉那边熟人说可能还有希望，但他还是不由自主地想要去学校看看。学校没有往常热闹，但也能碰到好多同学。他一到教室，就碰到复读班的何老师，马上安排他说第二天就可以来上课了，效率还挺高的。何老师胖胖的身体里，感觉总有使不完的劲儿，总是乐乐呵呵的。他还是要感谢何老师，这可能是他人生中一个非常重要的岔路口，也是人生一个非常重要的转折点，他明白了真正的人生其实很简单，跌倒了没什么可怕的，只要站起来，坚持下去，就能重新找到希望。复读的决定就这样很快决定了。他的父母也没反对，剩下的就是要处理武汉那边的事儿。后来听说，二姨父因为这事儿还挺生气，还和他父母大吵了一架，爸爸的服装店受影响也开不下去了，于是拿出在深圳打工多年的积蓄在王岗附近买了一栋房子。

复读班开课了，他好像早已习惯了。每天早上骑车半小时到学校，用冰冷的水洗脸，让自己马上清醒，忙碌一天后晚上九点半回家。妈妈晚上会给他准备晚饭，吃一点儿就可以好好睡觉了，每天如此。除了周六，他和同学王韦可以下午就回家，有半天休息。他们结伴一起骑车回家，沿长江的大堤一路骑行，这也是一周最开心的时刻。他可以尽兴地享受江边的片刻自由。这段路，他太熟悉了，包括沿江的每块石头、每片浪花、每条渔船。让江风吹过他们年轻的面颊，打开一颗久久禁锢的心扉。他和王韦过了海运大厦，就快到家了。下了王岗的大坡，旁边菜场里面就是爸爸新开的服装店。

他也能感受到同学的压力。时间压得太紧了，甚至让他们都没有时间去回味痛苦。班里也来了很多不是一中的新同学。偶尔他也回寝室住几天，记得一个新同学特别喜欢刘德华的歌，熄灯前，都会唱一首刘德华的歌伴随他们很快进入梦乡。特别是有一首歌叫《今天的歌》，每当音乐响起，往事便历历在目，不自觉泪流满面。王岗菜场外面的大坡很长，过了这个长坡就到了内城。很多次，他骑车都能看到那辆孤单的单车，那是他初中一个女同学的。远远的，他就看到她，她还是一如既往羞涩、忧郁，一头长发在风中，行色匆匆。他害怕看她的眼神，她总是旁若无人，让他没有足够的勇气再前进一步。多少次，他和她的单车就这样匆匆错过。望着她远去的背影，他能做的就是在每个清晨，在路口远远等待她的单车。她好像在一所卫校上学，有一次在卫校到车胤中学的路上，他好像也看到过她。

过年前几天，好多以前高三的同学都回来了。有几个同学还特意到学校来看他们。谭贵华后来去了长春一所大学，曾祥华去了华南理工。他们一起在下了晚自习后，像以前一样到了三袁广场，一起喝点儿啤酒。他也听听他们在大学的事情，毕竟，他还是很向往未知的大学生活的。晚上，他们一起待了很长时间。啤酒桌就在广场外面，也有卡拉 OK 可以唱。他唱了一首吴奇隆的歌，唱得很动情。音乐飘散到夜空，随尘埃落到旁边的油江河，旁边的电视塔耸入天空，进入好遥远的星空。他们各在天涯，但彼此的友谊地久天长。他俩明天就要回老家，到晚上十一点他才依依不舍地回到宿舍。他的压力大，有时候也会在家里爆发。有一次，弟弟不听话，他也没问原因，就揍了他弟弟一顿。

时间过得好快，很快到了期中考试，他考得还可以。过年也没放几天假。家里一切也以他的高考为重。弟弟也转到县里读初中，成绩一般，也很让爸妈操心。家里年前都搬到县里的新房，爷爷也过来了。邻居也是他妈妈以前的同学，都可以互相照应。邻居家的儿子没小他几岁，所以他们偶尔也一起玩耍。年后马上就开学了。爸爸店里也收了一个新学徒，是嫁到县里的一个亲戚的女儿。他刚进店门就看见了她，惊诧怎么忽然多了一个人。她静静地坐在角落一个台式缝纫机后面，有条不紊地整理着衣服，很文静，皮肤白皙，双颊绯红。一身白裙裹着她微胖的身体，显得很合身。他也没跟她打招呼。她每天早上过来帮他爸爸做服装，下午五点准时下班回家，她的丈夫偶尔也过来接她。她有个妹妹叫小莲，大家便叫她大莲。

时间飞逝，剩下没几个月就又要高考了。有个坏消息传来：爸妈回老家，爸爸骑自行车把腿摔断了，到县里医院打了石膏，不知道要躺在家里多长时间。家里现在也是困难重重。不过，大家都尽量不干扰他的学习。在妈妈三个月的悉心照料下，爸爸终于可以去店里开工了，但还不能完全丢开拐杖。期间，他亲爸也帮忙找一些活儿给他爸做。大莲的妹妹小莲也经常过来，还有他的小舅舅，都过来帮忙。这几年，小舅舅从深圳回来一直住在他家，也没什么事情可以做，偶尔会去五姨服装店帮忙。

第二天就高考了，他去熟悉考场，考场就在以前爸爸服装店那条街的小学里。路上他偶然碰到了以前蛋糕店的老爷爷。爷爷走路不方便，一把紧紧抓住他的手，语重心长地说："不要紧张，好好考试。"他看到爷爷满眼的期望，他知道自己一定不会辜负爷爷的期望的。告别后，他回头还看到爷爷一直望着他，很是感动。大步迈进考场，他找到那间教室，考位就在二楼第三个房间最后一排。到了下午，大家还是回了一趟学校，最后几周，教室搬到教学楼下面一排平房，给高考腾考点。他和几个同学最后一次抬走放在门口的大桶去打开水，或许以后就再没有机会了。好多同学好像已经没有去年的颓废，因为大家知道一年艰辛的努力，希望就在眼前。刘芬也是他之前高三的同学，复读也在一个班。记得刚开学，他问候她时，她都没有精力搭理他。他理解她当时的心情，现在，她倒是豁达很多。他知道她这次一定会成功的。压力还是很大，他害怕感冒，还是去学校诊所打了补充营养的葡萄糖点滴。诊所里面都是同学。家里来了客人，他怕睡不好，决定去四姨家住，还好四姨和四姨父去了武汉，不在家。打了点滴，他感觉很难受，胸口闷得厉害，到夜里十点多，他恶心加重了，在床上翻来覆去的，不禁想着这难道就是命运？努力一年难道就是这个结果？如果身体不行，明天还怎么考试？他急得眼泪不由自主地流了下来。如果结果是这样，他还能和谁去抗争？夜里他吐了好几次，吐得满头大汗，湿透了衣服。吐干净了，他倒是感觉舒服多了，一觉睡到了大天亮。早上，他用凉水洗了头，没等头发干，便随便买了一点儿早点就匆匆赶去考点。车胤中学的大道上已经有很多学生，风吹过他未干的头发，丝丝的凉意混在清晨的雾气里。上午考语文，他压力不大，只要及格就好，要考高分对他太难了，毕竟他们都是理科生。中午他去爸爸店里吃饭，妈妈早就准备好了午饭等他。他们都没主动和他说话，怕他有压力。他们能做的就是默默地做好饭等他回来。他吃了午饭，小睡了一会儿就去考数学了。晚上，他睡得还好，就有一点点受凉，可能是早上洗头后在外面吹了风的原因。第二天考英语和化学，最后一天考物理。在最后的交卷铃声响起后，有几个学生跑过来看他的卷子，不小心还把卷子撕开了一点儿口子，还好问题不大。他最后交了卷，下了楼才缓了一口气。和去年一样，门口挤满了人，妈妈这次也来接他回家了。妈妈什么也没问，不管怎样，努力了就不后悔，结果也就不重要了。后面几天，夜里他做梦还想着答题是否正确。要好几周才能出成绩，没事儿他就骑车去江边兜风，让风从他的脸颊拂过，感受一丝凉意，让他重新回到现实。特别是夜里的江边，他会停车在江边石头上，坐上好几个小时，看江水滚滚向前，看江船的灯火。每个傍晚，他都沿江堤骑到很远。

高考放榜那天，几周的忐忑不安终于可以放下了。他一个人急匆匆地骑车去县教育中心看分数。县教育中心就在离家不远的县小学旁边，在以前爸爸服装店那条街边一个胡同里，是一栋五层的大楼。一面很大的墙上贴了一张大纸。说不上是激动还是忐忑，他不一会儿就找到自己的名字和考号，分数还可以，不到600分，应该能上一本。他悬着的心踏实了。他急忙骑车回家，把这个好消息告诉爸妈。到王岗菜场，就到家了。爸妈听了分数非常高兴，终于等来了这一天。马上，他几个姨妈都知道了，也替他高兴。王韦也考得不错，上军校也没问题了。他们家离得不远，王韦也非常高兴，急匆匆地回家报信去了，把他丢在一边。还好他和同学吴学俊在一起。吴学俊家在县下面的一个小镇里。他们一起吃过午饭，他就送吴学俊到城里客车站，车要两个小时才能到吴学俊家的小镇。他们慢慢地挥手，他知道，这次一别，不知道何时才能再相聚，所以他坚持一定要送到车站。看着远去的客车，他第一次感到无比的伤感。这一年，他终于挺过来了，无声无息地，在校园的尘埃里，陪伴每天的日出，即使在题海中变得麻木也没有后悔。从此这段经历将成为他人生中第一笔最宝贵的财富，即使后面遇到再大的困难，他都能咬牙挺过去。他们就像一群战士，着一身单衣，在寒冬里永不回头。现在，他可以完全放松了，就等大学录取通知书了。一个多月的时间，也很是无聊。爸妈也计划着，等通知书下来把亲戚朋友都叫过来聚一下，好好庆祝一下。同时，爸妈也开始筹备他的学费和生活费了。算下来，大学花销不小，单靠服装店肯定不行。爸爸计划等腿好了，再南下深圳打工去，那边工资很高，这样才能解决现在最现实的问题。

大莲现在每天都来店里，非常准时。她一身整洁的裙子好像与这个小的杂乱的集市格格不入。集市分两部分，一条 500 多米的笔直的街道再加上后面一片四边形的菜市。街道两旁有各种杂货店和米店，菜市有几十家店，卖肉、鱼、鸡、鸭、蔬菜，什么都有。早上，路边各种小吃摊人头攒动，锅盔、牛肉面、馄饨、饺子、油条品种繁多。这个区的所有日常吃、穿、住、用都可以买到。县城主街，一条笔直的大道可以通到不远的荆州市。大道客车繁忙，旁边还有一个烧伤科专科医院，就在大坡的中间。他也习惯走大道上堤，左边不到 600 米就是长江。每天中午，妈妈都准时做好午饭。菜场就在旁边，所以买菜也很方便，家也在小路尽头的胡同里。考试完后，他才第一次仔细审视这条小小的街道。

他志愿填报的是一所东北的工业大学，专业还不错，应该没有问题。他想报一所离家乡很远的大学，想有一种别样的体验。后来通知书下来了，爸妈请了亲戚朋友在家吃了饭，爷爷也很高兴。9 月 1 日开学，他要提前三天出发，所有都准备好了。因为爸爸腿还没痊愈，送他去东北的任务就落到五姨父身上了。

要出发去好几千里外的东北，他还去照相馆照了一张相。爸爸给他做了一套新西装准备到学校报到的时候穿。爸爸因为不能送他，非常懊悔，叨唠着要是不摔一跤，就可以送他到学校了。妈妈和五姨送他和五姨父到武汉，刚到武汉就下起了小雨，没有买到直达东北的车票，只能先找了一家小旅店歇了一天。第二天火车到北京，再从北京转车到东北。他没有选择武汉的大学，他想走得远一些，告别了故乡，这是一个新的起点。武汉到北京的列车终于要开动了。他们买了空调车，不是那种绿皮火车。听说大部分绿皮车都没有了，硬座都很少了，大概 13 个小时就可以到北京。五姨父中午给他买了盒饭，挺贵的，好像 15 元一份。五姨父说火车上能吃到饭就不错了，一般要比车下面贵好多。

无悔的人生

从没抬头
来看校园的晨曦
同桌的心跳
成为一首青春乐曲
再一次敲打他的心扉
从此不再孤独

不知道
题海的尽头
满是尘埃的小道
洒落他无穷的忧郁
让夜晚早点到来
可以听一首情歌

无法退却
江水滚滚向前
轻轻的一辆单车
载起无悔的青春
下次回首
大约在冬季

第五章　大漠孤烟

改革开放带给新一代人更多机会，读书变得不再是唯一的希望。时间过得飞快，出发的激情还没怎么消散，车就缓缓驶入北京了。北京站人山人海的，一座大钟楼就矗立在广场，成了火车站的标志。少寒看着行李，五姨父急忙挤着去售票室买去东北的火车，可惜最早只有第二天的票了。五姨父大汗淋漓地跑出来告诉了他这个消息。他们商量是否要住一夜再出发，慢慢朝广场外走。刚走到路口，就看到好多人每人举着一个写着地名的牌子，大声喊着长途客车要去的地方。他一下听到他要去的沈阳，便问五姨父要不要去，他不想再耽搁一夜。五姨父表示同意，便买了两张长途客车票。但他还是感觉五姨父有点儿不乐意，可能因为客车时间太长，要 16 个小时，肯定没火车舒服。他没考虑那么多，就这样，他们跌跌撞撞地被带着穿过好几个胡同，到了一个长途客车站上了车。不一会，车就坐满了。车终于开动了，驶离了北京。他还没来得及看清北京的楼宇就匆匆离开了。气温有点儿低了，特别是晚上，他们拿出了棉衣穿上。晚上他们睡得还好，可能是之前坐火车太疲劳了。早上醒来，他发现客车的窗户上都结了薄冰，外面是一望无垠的平原，还有麦地，和江南水乡不一样，河流很少。客车足足开了快十个小时，听说马上要到山海关了，出了山海关就是真正的东北了。车行驶过去，他也没看到山海关的影子。一路村落，在晨雾里若隐若现。一切灰蒙蒙的，屋顶烟囱的黑烟也慢慢升起来。旁边的两个乘客，一个大概15岁，一个40多岁，很热心，听说他们是从南方来的，热络地问这问那。这点和南方不一样，陌生人一般很少搭讪，倒是东北人大大咧咧的。岁数小的那人在北京买了一个望远镜，热情地借给他玩儿，可以从窗户里看得很远。岁数大的那人听说他去沈阳的大学，还很热心地介绍说有个远房亲戚在那儿上大学，还专门写了一封信给他带着，说到了学校给他的亲戚还能帮上忙。萍水相逢，能热情相助，东北人还真是热心，让他好一阵感动。慢慢地，车到了锦州，过了葫芦岛。客车足足开了快20个小时才到了沈阳。想想如果在北京过一夜，再坐火车，这个时间也能到沈阳了。他不由觉得还是五姨父有经验。此后，他再也没坐过长途客车。

山海关，一落平川，流年往返。中原陌路难忘怀，荒村冰河入梦里。望大漠，溪流自留。金戈铁马留北风，倦鸟归，塞北江南还。离觞情，任征鞍。

江南一梦难为水。一蓑衣，溪流垂钓，得意宽闲。东方坡上卧榻醉，稼轩丛里又舞剑。翰墨香，醉翁已去。滔滔江水沙如浮沉，柳永笙歌，佳丽芳满。酒已醉，忆随风。

这所工业大学，坐落在铁西区，是一个老工业区，整个区几乎都是国有大工厂。以前，国家几乎一半的重工业都在这儿。城市街道南北通达，工人居民区一大片一大片被南北街道分开。空旷的天空下，人群熙攘。长途客车停在市火车站旁边。火车站很大，很气派，广场上到处都是人。特别是高耸入云的车站塔楼格外显眼，广场中心还有一个大雕塑，说是苏联解放东北纪念碑。周围人的口音和家乡完全不一样，还好都听得懂。很快，他们拿了行李，打车直接去学校了。车上，只有五姨父能和司机交流，毕竟他是第一次出远门，老家的方言别人根本听不懂，他觉得现在第一步是要把普通话说好。20 多分钟后就到了学校大门口，非常热闹，大大的横幅上写着“欢迎新同学”。他们随着人流进了校园，映入眼帘的是一条很长的大道，左边是一个承包给私人的食堂，旁边小路进去是校医院，右边是一栋大寝室楼。第一个路口拐过去，整条路都是各系的接待处。左边是一个大电影院，旁边也空出来一个网球场，总共有四个场地。靠网球场也有一栋宿舍楼，旁边一个大操场显得空荡荡的，右边是一个大排球场，排球场前方是一座 20 多层的图书馆。图书馆前就是学校最大的体育场，再往前就是一大排带有苏联风格的教学楼，教学楼最左边还有一个大公园。校园有前后两个大门，刚才进来的是后门，前门才是正门。他报的电气系是学校的重点学科，有博士点。他们找到接待处，很快办完手续，直接去旁边宿舍楼安排住宿，在四楼四六〇室。东北的夏天刚过，就有点儿凉意了。他穿着爸爸刚做的西服，有点儿肥，显得他弱不禁风的。一个宿舍住九个人，有四个上下铺加一个靠窗的单铺。已经有同学比他先到了，是一个大高个儿，戴着墨镜，也穿了一套西装。高个儿看见他们来了，马上过来打招呼，还递过来一根烟，把他吓了一跳。高个儿介绍自己是湖南的，叫谢永权，自己一个人过来的。他想也算半个老乡，就选了和他一个上下铺，他住下铺。把不多的行李放在衣柜里，就算安顿了下来。后来别的同学陆续来了。外省的有四个，他和谢永权，以及天津的郑祥、黑龙江的王耀文；还有五个本省的，铁岭的程少勇、朝阳的谌国松、沈阳的李强、葫芦岛的王南、辽阳的刘东铭。刚来大家都不熟悉，话也不多。晚饭前，他和五姨父在校园里逛了一下，就出了西门去找饭馆吃饭。傍晚，炊烟缭绕，大街在夜色里若隐若现，工厂的大烟囱也高耸入云。两边是一溜饭店，食客大部分是学生。他们找了一家靠学校近的，人稍微少点的饭馆。这几天他们都在路上，也挺辛苦，准备吃点儿好的。饭馆不大，一张塑封的纸上写满了菜名，好多菜他都没听说过。五姨父也不了解这边的菜系，想着锅包肉应该很好吃，没想到这个菜很贵，而且口味完全和老家不同，是酸甜味道的。晚上，水房的水很冷，一楼总共就两个水房。晚上五姨夫也没出去找旅店，和他挤了一晚。晚上挺冷的，被子是学校统一发的。睡觉前，大家天南海北地高谈阔论，五姨父也和大家一起聊。第二天五姨父就买回去的火车票了，计划顺道逛一下北京，然后就回老家。他们宿舍九个人都是一个专业的，后面四年大家就要在一起度过了。

北去的火车
把青春的稚气
丢在滚滚车轮后面
第一次迈过山海关
却没见到关隘的情仇
通辽的炊烟没有大漠
只有辽阔的原野

河水冰彻入骨
清澈如明镜
他的羞涩又回到校园
只是北方的晨曦
晚了一些
激情依旧

北方的冬雪里
是依偎的初恋
能温暖隔岸的冰河
明亮的星空
从来不期待流星

一百年都等你

东北的初秋，风有点儿凉，水房的水快要冻住了。这是一个完全陌生的世界。他蹩脚的普通话、羞涩的外表、羸弱的身体，一切都要慢慢适应。这里的天空很辽阔，他很喜欢。第二天，五姨父和他吃完早饭就返程了。匆匆告别后，他望着五姨父的背影，故乡的味道渐渐也远去了。

他们班有20多人，其中9个是女生，这在全系女生里还算是最多的。外省来的学生占比在全系还是很少。辅导员要管理系里200多人。辅导员也是本校毕业的，女生，高个儿，很严肃，是本地人。同乡会也找到他，说可以随时提供帮助。一个月的军训，整个大体育场全是一身军服的新生，加上离这500米远的南院的大部分文科专业的学生，能有好几千人。操场上喊声震天。他的教官个儿不高，严肃且有耐心。一天八小时的训练，刚开始他还真吃不消。晚上，学校各个社团都到寝室来招新成员了。他对各种社团都感到新奇，刘东铭和他一起报了好多学校的兴趣社团，诸如网球协会、演讲协会、交谊舞协会等。刘东铭个很高，白皙消瘦的脸上有一双机灵的眼睛，上衣整洁干净。几周下来，大家都熟悉了。就谢永权和他来时穿了一套西装，看来这是南方的特色。他们俩的普通话都不好，但还是很努力地和大家交流。

食堂在宿舍楼的旁边，早餐很简单，只有大馒头、饼、粥、咸菜，他一时有点怀念老家的牛肉面。在北方，一碗面条不是早餐，而是主食。谌国松早餐都是馒头和咸菜。王南早餐爱吃面包片和牛奶。他觉得王南说话有北京口音，他俩一起报了网球协会。王南长着一张娃娃脸，个头儿不高，但身体素质很好，足球也踢得很好。他太瘦了，过去都没怎么上过体育课。听说东门外有个健身中心，他就去报了个名。没几天，同乡会就集合大家一起聚餐，他也认识了所有老乡。老乡不多，一个年级就 20 多人，全校加一起也就 80 多人。聚餐就在西门对面的桃源餐厅。一大桌东北菜，有红烧鲤鱼、东北乱炖等，量大实惠。东北大米非常好吃，吃一碗就饱了。好多老乡都学会了东北话，说起来也很有意思。大学的压力没有高中时代那么大，大家主要以专业班级、年级为单位组成，但各种校级社团还是有很多，可以广泛培养大家的爱好。他第一次去交谊舞协会，提前要交 20 元的入会费用。交谊舞协会其实就在一个教室里，有一个音响，请外边的舞蹈老师教，会长是乡企学院的一个女生。协会有好几十人，大家跟老师学标准动作。一套舞蹈下来要上五到六次课。刚开始都是按固定的步伐跳，很是枯燥，舞伴也是随机的。他就在那儿认识金友的。金友是一个朝鲜族女孩，她还有个双胞胎姐姐叫金谊。她身材修长、文静温柔、一头秀发，一颦一笑灿烂如花，平时话不多，喜欢篮球动画片里的樱木花道，把他们画得惟妙惟肖。她偶尔会来一次，后来也不来了。再后来他们在网球协会又碰到了。网球协会是王立萌组办的。王立萌是大连人，长着一张白皙消瘦的脸。他在王立萌那儿买了球拍，就开始在球场练习了。网球入门很难，球不好控制，刚开始只能打壁球。

一生何求

回头是
远去的沲水河
荆州古城的码头
江水一路向东
而车却开进北方的深秋
只带走了一片乡愁的云彩

看窗外
流逝的村落
从来没有这么沉默与迷茫
宁静的天空里
再第一次听
滚滚车轮的声音

做一个浪子
还要漂泊天涯
忘了一路风尘
早已没有爱恨情仇
武汉的火车就要北去了
一生何求

军训期间，齐秦的一首《不让我的眼泪陪我过夜》火起来了。特别在军训结束的晚会上，宿舍一楼经济管理学院的一个男生就唱了这首歌。歌曲忧伤而颓废的基调不太适合军训晚会火热朝天的气氛，不过这个男生唱得真不错。食堂里坐满了好几个系的新生，教官也坐了一排。虽然中间的舞台布置得简单，但气氛热烈。特别是军歌比拼，每个班都卯足了劲儿。邻班福建的黄汇中唱了一首《爱拼才会赢》，把晚会带到高潮。军训就这样轰轰烈烈地结束了。

大学基础课程都是固定的，公共课以年级为单位，专业课以班级为单位。好多课都是教授在大教室上课，课堂管束得比高中松多了。每个人可以有更多自由，只要完成每科的作业就好，而且周六还有两门兴趣课程。他第一学期选修了文学和书法。大学最大的高楼就是图书馆，里面有好多书。他计划要看一些文学名著，从茅盾文学奖作品看起，再到世界文学，还有弗洛伊德的心理学。虽然有些书读起来挺枯燥无味的，但他还是喜欢一个人静静读书的感觉。尼采说得好，看一本书就像走完每个主角的一生，你的人生才更厚重。上文学课的女老师，规规矩矩地按教案上课。因为兴趣课不考试，只要签到就行，不少同学都没认真听课。书法课，他学了楷书，楷书写好了，别的字体都可以以此为根基。晚自习也比高中轻松，大概就是每个专业都有一个固定教室，不要求大家都去，只要完成当天的作业就好，可以去公共课阶梯大教室，也可以去图书馆。不过，他还是很自律，一般都会去固定的专业教室写作业。

网球从打壁球开始练起，在电影院的一面大墙上不停地练习。他有空儿就和王南去练习基本功，久而久之球感就练出来了。交谊舞他也很快掌握了基本步伐。为了练习普通话，他还鼓起勇气报了演讲协会，但是面试没有通过，后来在学姐王晶的帮助下，勉强过关了。演讲协会会长也是学校广播电台的台长，人长得温文尔雅，很像台湾歌星张明敏。寝室里就李强是市内的。李强长得很清秀，特别腼腆。隔壁铺的郑祥中等个儿，人很老实，为人处事循规蹈矩的。学校最近组织一次徒步烈士陵园献花，要走十多千米，他和刘东铭中间不知道什么原因掉队了，就去逛了一趟旁边的北陵公园。他听说烈士陵园边上就是一个皇家陵园，后来也没找到。一大片松林里，有山，有水，有石狮子、石马。他们随便逛了一圈就坐车回去了。后来回学校，还为此写了检讨，辅导员齐艳丽非常生气。刘东铭告诉他英语角马上要举行英语口语比赛了，说他们可以一起参加。他知道自己普通话也说不好，英语发音也不准，不太敢去参加比赛。后来，禁不住刘东铭劝说，还是答应一起参加了。同专业的李培培也参加了，听说她是市里二中的毕业生，英语特别好。他选了一首缅怀戴安娜王妃的英语诗歌。英语演讲比赛那天，他并没有紧张。阶梯教室挤满了人，英语系报名的人最多。英语系的李冠男拿了冠军。他发挥一般，就是完成了演讲。分数倒不重要，只是台上没有笑场就好。李培培、刘东铭也发挥不错，不过还是不能跟英语系的比。不到两个月，他也习惯好多东北菜，虽然味道不够合胃口，但也能凑合吃了，像大锅炖芸豆、酱茄子几个菜还是不错的。学校食堂也没几个菜，而且也做得不好吃，很多人都到外面小饭店吃。他一个月大概有600多元的生活费，生活上也算很宽裕。

东北老工业基地正在进行轰轰烈烈的进行改革，一大批企业从国有变为民营，也有不少工人下岗。和沿海开放新的城市比，这边消费不是特别高。东北各种居民小区、商业区、工业区都规划得井井有条。街边两层小楼的底下一层都改成饭店了。学校西门外的小饭店的价格比其他饭店便宜一些，但一个荤菜也要十元左右。他后来基本都在外面吃了。东北大食堂以炖菜为主，香辣的菜很少。校外饭店装修得都很简单，很多就一个厨房带一个小房间。老板也是服务员，再加一个厨师及打下手的人就是整个饭店人员构成了。其实东北菜很讲究，炒、溜、炸、蒸、炖，比如特色菜有雪衣豆沙、锅包肉、溜肉段、四喜丸子，这些在老家他都没见过，做法也非常复杂。比如雪衣豆沙要把蛋清用打蛋器打出泡沫后在温油里裹了豆沙馅炸出来，桃子大小的，一盘有十多个，在上面撒上一层白糖特别好吃。锅包肉也是选最好的里脊肉，裹糊炸两到三次，然后在锅里加菠萝汁、番茄汁，浇汁起锅。一家叫“萍聚”的小饭店的赵刚师傅做这道菜一绝，他经常去吃，和这家饭店的人都熟了。老板娘是随知青嫁到市里的，有40岁左右，和蔼、朴实、吃苦耐劳。很多学生都去那吃饭。她丈夫是学校校办工厂的职工，厨师是她侄子和侄女。听说校办工厂要解散了，她丈夫也回到学校做了电工。一晃好几个月过去了，忙碌与新奇后，他慢慢融入了大学新的生活。高三的压力在这儿完全没有了，只有好几次在梦里，他都努力在答卷，不知道怎么的，每次都答不完，惊醒后发现是一个梦。高三永远烙印在他的生命里。

为了学英语，寝室好多同学都买了录音机。最近也有很多小贩在新生寝室里兜售这些东西。王南也有一个，经常一个人一遍遍地听张惠妹的歌。那个时候张雨生的歌也很流行，他也很喜欢。他也买了一个录音机，价格不低，后来发现质量不好。之后他就知道要去正规店里买东西了，这样质量才有保障。学校旁边有一个大购物中心叫九路市场，里面什么都有，价格也便宜。没事儿时他也去买一些小东西。寝室的同学们彼此基本都熟悉了：程少勇来自铁岭附近矿区，话不多，自律但有些古板，足球踢得很好；王南来自军队大院，体育非常好；刘东铭父母在大国企辽化工作，思想活跃，大高个儿，长得像林志颖；李强来自市里工人家庭，老实朴实，也很帅气；郑祥也来自工人家庭，朴实勤奋，学习与体育都不错，是班级学委；谌国松和他一样，来自农村，朴实老实，生活特别节俭；谢永权算他半个老乡，在寝室岁数最大，成熟稳重，社会经历丰富；侯耀文来自单亲家庭，内向且有点儿自我。总的来说，他们都还算是纯朴，一心扑在学习上，按时上课，很少缺课，作业也都做得井井有条。他和刘东铭经常参加社团活动，这样就有机会认识很多外系的学生。第一学期很快就过去了。作为从农村走出来的孩子，他是幸运的，小学时赶上改革开放，可以有读书的机会。随着沿海城市开放，他家才有供他上大学的经济基础。这学期考试考完就可以回家了，大家都很兴奋。考试都不难，主要把以往考试题复习好就好。各个大学都是入学难，毕业容易，只要平时不缺课考试都没有问题。只是新添的一门计算机课还是有点挑战，要学习使用一种二八六型号的电脑。他以前只听高三物理老师提过，没想到科技发展得这么快。考试最后一道题要求在规定时间里打完一百字，他拼音不准，只打出来二十多字，没办法只能下次再考了。

东港的早晨

昨夜的冬雨
凉意在清晨冰冻了
他的步伐在河堤上
静静的悄无声息
河里水鸭
惊破了整个清晨

一点暖意
在河水里
薄雾升起了
还是看不透她的容颜
只有重新
冰冻他的心

寒意结成碎冰

被脚步碾成音乐
第一次轻轻地
走在东港的堤岸
那是梦开始的地方
还是他的归属

一方水土养一方人。东北的黑土地肥沃养人，地下水也很丰沛，稻米一年才一季，不同于老家一年三季的稻米。东北稻米色泽光亮，圆润饱满，吃一碗就饱了。一学期下来，他的体重达到了 57.5 千克，足足胖了 7.5 千克，也长个儿了，已经 1.72 米了。

考试结束后，他可以回家了，要坐 21 个小时的长途火车到武汉，学校早早地帮他们买了 62 元的半价车票。这是他第一次从大学回家。爸妈也会回老家过年，他想着准备了 5 千克东北大米带回去，毕竟老家还没有这么好的米。他还去学校附近的太原街买了一件阿迪达斯的外套给弟弟。听说弟弟要上高中了，他也希望弟弟好好读书。萍聚饭店的阿姨听说他要带大米回老家，也早早给他准备了大米，要他一路小心。假期里，他们也差不多歇业准备过年了。他和寝室的同学坐公交车赶去火车站。省会的火车站人山人海，他带着行李等了很久才上车。冬天的风已经刮得很急了，还好他刚买了长到膝盖的羽绒服，很暖和，但脸还是被寒风吹得很疼。东北的冷是干冷，人在外面站久了会冻得脚生疼走不动道，只能在有暖气的室内待着。其实他还是喜欢北方的冬天，虽然外面风雪连天，但室内温暖如春，因为有暖气。却是不像南方的冬天，湿冷入骨，室内比外面还冷。因为他们提前订了座，火车上一路都有座位可以好好休息，只是人太多，走廊上、座位底下、厕所里都是挤满了南下的人群。火车里人都挤在一起，感觉连空气都凝固了，检票员都很难挤过去。他和一些老乡坐一起。他买了一个东北大肘子，还有一份凉拌牛肉和几瓶啤酒，吃完喝完后希望一觉就可以睡到武汉。他酒量不好，一瓶酒下肚，就迷迷糊糊了，一睁眼就到北京了。第二顿酒下来，不一会儿就到武汉了。还好不是晚上，现在他可以直接坐五个小时长途客车回荆州。武昌长途客车站就在火车站旁边。广场上、街道边、天桥上都是人，车站里也是人头攒动。武汉话他也听得不是很明白。幸好他买到当天的客车票，还有四个小时出发。路边都是小吃，如热干面、盒饭、火锅等。他想买一个锅盔，却没找到。武汉的豆皮很好吃，他买了两个。长途客车终于出发了，开往老家的方向。他像探望久违的朋友，看着路边匆匆而过的村落、原野、鱼塘。激动与兴奋都淹没在一车的乡音里。车终于到站了，宏泰车站还是老样子，他叫了一个“麻木车”载他回家。“麻木车”就是摩托车，后面带一个小的拉客的座椅，加一个篷可以遮风挡雨，县城里满街都是。正规的出租车在县城还没有，“麻木车”既便宜又方便。“麻木车”一会儿就到家门口了，这时已经是傍晚时分了，弟弟一眼就看到了他，非常兴奋。他也终于舒了一口气，从出发到现在已经过了 30 多个小时了。他又回到长江边的故乡，岸边的乱石还是那样默默无闻。一夜冬雨，凉意在风里，在滚滚流去的江水里。他不禁想，她还好吗？他想这次一定要鼓起勇气去找她。

牵手

低头是
空荡的校园
冬天的晚霞
落下青春的影子
在落叶下的脚步
只有离别的痛

她风一样地走了
昨夜的双眼
还在他的心里
一夕是百年
那个小屋
已经挂上一把锁

她的发梢
滴落清晨的露珠
他留下的书信
写满这个未知的世界
折成那只飞翔的舞蝶

飞到外面的世界

水乡的冬天有点儿湿冷，还好今年不是特别冷，都好几年没见到雪了，小时候大雪纷飞的场景也很多年没碰到过了，他还有点儿怀念。在家休息了几天，他到五九路看了一下五姨的服装店。作为小县城最繁华的步行街，半年没见，变化不大。年关将至，街头人头攒动，店里的音响声音很大，都在招揽生意。很遗憾，因为去北方上大学的同学太少，他几乎没有了其他同学的联系方式，不像在武汉的同学，很容易就联系上其他同学。在只有书信联系的年头，他就像一只大雁，一下子飞到了遥远的北方，从此杳无音信。一次偶然的机会，老家的表姐说他小学同学裴林芝在老家东港镇的初中当老师了，还是他侄子的英语老师呢。他决定在第二天清晨坐上从县城到东港镇的客车。他这次鼓足了勇气，第一次带着北方的豪情出发了，不再是以前那个胆怯的学生，要勇敢一点。车走在熟悉的道路上，过了玉湖。微风在湖面上吹过，路就像一根带子，在湖面飘荡。车的影子变得模糊，倒影在湖面。过了湖，穿过一个小镇就是东港镇了。一条大河流过小镇，在大堤上就能看到东港桥。记得小时候他会偶尔到桥头，看这条河究竟流到哪儿，一直望到天边的尽头。小镇不大，都集中在桥头附近。不过小镇也有高中，这个是有别于其他镇的。他很快到了表姐家里。就在进镇的街头，她家开了一个小的建房子用的水泥板厂，一两个工人在屋后场地上忙碌着。他很喜欢双胞胎侄子和侄女。看他来了，表姐一家都很高兴。他打听到裴林芝在上课，就直接上了初中二楼教室，不知道是否有些唐突，但还是硬着头皮去找了。在楼道第二个教室他一眼就看到了她。她赶忙出来，像一个认识了很久的朋友。一份少有的默契，她带他到楼下和另外一个老师共用的一间大办公室。她和正办公的老师打了招呼，告诉他抽屉里有书可以随便看，等着她下课。对面的女老师有 30 多岁，很热情，和他打了招呼，就忙着备课了。抽屉里很多书信，有一封还是今年他写给她的，信封地址是他刚练习的楷书字迹。她很快就下课了，学生准备吃午饭。他们一起下楼去教师食堂，在教学楼门口就看到一排排学生在排队买饭。外面，好些做好的饭菜放在露天的长桌上。他也一眼认出来另外一个小学女同学熊华，她现在是班主任，正管理学生吃饭。他不知道熊华也在这教书，忽然有点儿局促，熊华也是。他一时不知道该怎么应对，下午他还是和裴林芝去了熊华家。让他意外的是，熊华和同校的一个老师已经结婚了。男老师也是同村的，大她四岁，个头儿很矮，长得一般，也是班主任。不过他怎么也没想到，熊华学习非常好，一直是第一名，也是班里的大美女，这么早就成家了。因为结婚，熊华分了宿舍，是一个大开间，前面是客厅加卧室，后面就是一个隔开的小厨房。熊华和裴林芝都是初中考了中专，中专毕业就回老家教书了。她们成绩都很好，都可以到县里一中读书，但读了中专直接就有“商品粮户口”了，所以她们选择了“商品粮户口”。在他那个时代，“商品粮户口”才是真正能改变人生的。只是现在时代变化太快了，上大学不再如以前那样难了。裴林芝说她后悔了，因为她可能就这样一辈子待在这个小镇了，也不敢奢望去看看外面的世界了，他从她的眼里看到了一丝失望。是不是像熊华那样在这儿结婚生子、教书育人，她好像还没考虑好。裴林芝同屋的女同事最近也恋爱了，男方也是同校的一个老师，长相一般，但对裴林芝同事很好，什么活儿都干。他感觉，裴林芝同事有点儿不太喜欢这个男生，但也没拒绝。他们四人一起在不大的寝室里说笑，裴林芝也偶尔拿她们开玩笑。裴林芝也找她们借了一本书给他看。本来表姐要请裴林芝到家里吃晚饭，裴林芝没去，可能考虑是他侄子的老师，不太方便。时间过得好快，明天就是星期五了，裴林芝会和往常一样搭别人的摩托车回村里的老家，虽然裴林芝邀请他去她家玩儿，但他还觉得没准备好，而且他看到摩托车也就一个空位。他很早就起床到河堤上散步了，他想好好看看故乡的桥头，享受宁静的清晨。冬天有点儿微寒，河里的水鸭和他一样悠闲，它们嬉闹着，打破了清晨的宁静。中午，他在她的办公室写了一封长信，把想了好久好久的爱恋告诉她。一首小诗还有他的告白都在信里，他好好地放在那本小说里，他知道她会翻到的。夜来了，有风吹过，落叶纷飞，一切都变得宁静了，校园随着学生离校一下子变得空荡荡的了。他走遍了校园的每个角落。明天他就回家了，他知道这一别，有可能又是几十年后再见了。之后，他一直在等裴林芝的回信，也不知道她能否读到那封信。

辽阳的古塔

一抹残阳
落在古塔的屋檐
塔角的荒草
掩埋了
过去的烽火连天
尘埃不再如初

寒冷的郊外
只有孤独的塔
陪伴风里的残雪
久久的守候
心里难道只有
远处的大漠孤烟

回头已是十年
千年的古塔
他渺小的
愿做你的一块砖墙
长久地立在
北方的荒漠里

他带着无限的惆怅回到了县城的家。心里还有些许期待，也许下个星期他就能收到裴林芝的回信了。等待是那么美好，一个美梦令人向往。第二天，他在县城梅园小学旁边，偶然看到一家电脑培训学校，现在电脑在老家居然已经时兴起来了，还是最先进的五八六型号的，有最新 Windows 系统。他马上报了名，至少要好好熟悉打字。他路过以前邻居家的蛋糕店，不知道他以前的玩伴还在不在。蛋糕爷爷还在店里，但没看到弟弟。哥哥娶了媳妇，自己到澧县去开店了。可能弟弟也回老家了吧。他带着无限的惆怅，一个人走在熟悉的街道，路过以前隔壁的牛肉小面馆，还有小零食店。小面馆里还是以前那对勤劳的夫妇在忙碌着，还是那些老客户，味道一直没变。对面三星酒店还是那么高大，只是烤鸡的炉子没有了。以前每次经过，烤鸡的香味儿就扑面而来。老街也一直没变。他假期还爱去的两个地方，一是去油江桥看灯红酒绿，二是去长江边看晚霞。一个人的傍晚，看晚风里流逝的江水，梦又回来了，但江水还是依旧冰凉。

快开学了，他还是没收到裴林芝的回信。带着无限的期待，他又一次登上北去的列车。这次他应同学刘东铭邀请，下车到他家去串门。刘东铭家就在辽阳，离沈阳很近。辽阳是一座古老的城市，有最古老的佛塔。刘东铭爸妈都是下放知青，后来回城都进了这个城市最大的企业。最近，他看了好多关于知青的小说，有云南知青到新疆，还有内蒙古的知青，他也从他父母那听说了一些。那是一个时代的故事，涉及千百万城市年轻人。刘东铭父母就是那一代人，他们记得过去的点点滴滴，爱恨情仇。刘东铭妈妈也跟他说了好多在他们知青点的事儿，基本和小说里写得一样。第二天，他就和刘东铭一起回了学校，很近，就半小时火车的路程。

他的高考

多少次梦魇里
都是高考未完成的文章
从此可以不再
惧怕黑夜
每次都可以
挣扎着站起来

夜风吹不落
校园的梨花
花开的季节
在离别的清晨
就要凋谢了
带走她青春的倔强

半辈子的迁徙
只留下高考的坚毅
可以回到过去

二战归来的疲惫
就可以
忘了自我

1998年他迎来第一个大学暑假，望着满江的水，江水不再有初春的清澈，夏天变得混浊且汹涌。江水漫过了坡下乱石，也漫过了沿江边下去的步步台阶。往日树林下的小道几乎就在江水的旁边了。旁边的浮动驳船也水涨船高，江水就在眼前。热风一阵阵，只有在树荫下才找到丝丝凉意。洪水一下打乱了整个县城秩序，街上变得乱哄哄的，各种抗洪卡车川流不息。街上各种人都有，忽然听路人说下面有乡里要蓄洪了。一时大街上出现好多需要就近安置的人们，但还算有序。他们随身带着简单的行李被安置在城里的一些人家。五姨在五九路的商店也关门了，大家都在家里等各种通知，还好物资供应充足。看着过往的卡车，他也好想加入这场战斗。他的家乡是最大的蓄洪区，承担着巨大的压力。一周过去了，姥姥也着急回乡下老家了，城里物价也涨了不少。他不想五姨承担太多生活压力，于是和表弟准备去乡里的舅舅家待一段时间，表弟也可以直接回附近的老家。夜晚大街上才恢复了少有的平静，平静之下是枕戈待旦的抗洪人员。所有店铺都关了。第二天一早，他就和表弟带着简单的行李出发了。虽然有点儿冒险，但他们还是义无反顾地出发了。千湖之乡，河流交错，他们的客车只能在大堤上行驶。还好只有一个乡蓄了洪，车两边除了满河的水，别的都还没什么改变。但他们的车还是在快到南平镇的大堤前停了，他们必须下车。看到一条大堤两边的村落都淹了，只有一条孤独的大堤通向远方。路口被防汛人员封闭了，不允许车辆通行，只允许人员步行通过。望着无边的洪水，他们一时进退两难。车马上要回去了，他问了一下路人，前面的大堤还要五千米才到南平，然后可以再找车出发。好多人下车和他们一起在等，看有什么变化。他最后还是决定自己走过去。只是天太热，堤上没有树荫，一丝风都没有。看着两边的洪水，整个大堤就他和表弟，还是有点儿害怕。他想着只要能看到南平镇的大桥，就有了希望。天气太热，他只穿着一双拖鞋，再坚持一会就到了。不到十分钟后，就看到前面一个骑摩托车的往这边赶。他急忙拦下来，谈好价钱后，摩托车可以载他们到南平的车站。上了摩托车，风随车而起，凉意扑面。不过骑摩托车的大叔还担心自己回不了家，说万一大堤决口了，就无家可归了。只是现在已经没有回头路了，他们都深深地叹了一口气。桥头边，他们很快就找到去申津渡的客车。终于，在五个小时后他们到了舅舅家，看到小镇入口的小河已经漫过了唯一的小桥，好多小孩都在桥上戏水。他一眼就看到表妹和舅妈，终于又回到了阔别已久的申津渡小镇。舅妈看到他们，也非常高兴。一路他们朝不远的老街里面的镇政府走去。舅舅一直奋斗在防洪第一线，吃住都在堤上，已经有好几个星期没回家了。

小镇的平静

让一切都安静下来
洪水成了故乡的泪痕
让水乡再一次
变得坚强
在渡口渡
无数飘零的过客

带走故乡的尘土
沧水河围不住
老街的青石板
青春如一场夜风
回头还是那个老照相馆
挂着的是青春
失去的是百年孤独

舅妈厨艺不错，每天都换着花样给他们做好吃的。表妹都长大了，马上上五年级了。晚上，他带表妹她们去小桥洗澡玩耍。小桥很小，好多人可以从一边穿桥洞游过来。他也碰到了姑父，姑父游得好，可以游好远。两三天后，他送表弟到附近沧水河的渡口，过了河，表弟就到家了。河水也涨起来，漫过了河边的护堤林，一路汹涌向前。还好，摆渡船过来了，他看着表弟上了船，然后到对岸找一个摩托车，很快就到家了。这条道，他以前常走，对于它几百年的历史有些许了解，古老的渡口渡了多少失意的文人豪客。大河改了道，将军墓在岗上，还有百年老宅，都埋在尘土里，现今无人问津。他默默回头，过了柴岗村，就到了小桥，等夕阳到来。

离开学只剩一周了，还好旁边金狮镇的大姑说他高中有个叫黄海蓉的同学正好也和他同路，可以同行。他们约好从宜昌出发。申津渡到宜昌也就一个小时路程。她有个舅舅在宜昌，可以先去住一晚。第一次去宜昌，他还觉得挺兴奋，可惜没有机会去看一眼葛洲坝了，倒是吃了一顿宜昌特色肥鱼火锅。饭店就在长江边上，可以看到滚滚的江水。黄海蓉是他高中同学，后来去了文科班，他不知道她和自己在同一个城市读大学。她皮肤白皙，小巧玲珑，但也不失水乡少女的温柔坚韧。第二天，终于可以搭上从宜昌出发北上的列车。

朋友不哭

冰雪的校园
花花世界早已凋谢
只有角落的梅花没有受伤
痴心的追逐
风雪的归属
红尘有你

冷夜孤独
留恋第一场大雪
远处是依偎的爱情
向前走
带走一颗孤独的心
永不回头

北方的雪
南方的雨
都那么苦涩
喝一口就醒不了
朋友不哭
人海中我给你留一扇窗

北方的校园，让他脱胎换骨。他不再是一年前那个怯懦、腼腆的男生。通过半年的健身，他的体重很快到了 60 千克，身高也长到了 1.75 米。东北的酸菜炖肉也成了他的最爱。偶尔寝室聚会，他居然能喝几瓶啤酒了。他开始爱上了这片热土。他也学到了北方人的豪气、热情，当然也没丢掉江南水乡的内秀和腼腆。冬天的寝室大门拿厚厚的棉被当门帘，来挡住室外的寒气。寝室管理员就住在大门边。下了晚自习，他们班都按时回来了。外面还是还很冷的，他去年到太原街买了一件长到膝盖的羽绒服，穿一会儿就暖和了。回了寝室，他习惯去系里的其他寝室串门。系里到大二都一起上公共大课，所以大家也都熟悉了。睡觉前的一个小时是寝室最热闹的，大家都会说自己感兴趣的事。这个时候，冰刀王也会准时到各个寝室，买卖溜冰鞋，提供出租房、洗衣服务等。冰刀王是一个四十岁左右的下岗工人，他中等身材，头脑很灵活，几乎和全校的学生和寝室老师都混熟了。这学期，他们要上滑冰课了，都要买自己的冰鞋，他仔细挑选后买了一双二手的冰鞋。睡觉前，谢永权也回来了。最近听说，谢永权的初恋复读后也要考到沈阳来了。大家都替谢永权高兴，有情人终成眷属。只是这几天谌国松情绪很低落，一直很沉默。听刘东铭说，暑假本班的女同学许红云要回家，主动找到谌国松，说把她的自行车借给他用。理工专业女生很少，许红云经常一袭长裙，犹如天边的一片云彩，大家也都叫她“许花”。谌国松很感动，觉得如果她有情，自己就有意，初恋犹如春花烂漫。他也理解那份感情，只是他还没碰到。谌国松已开始每天早上憧憬着那份热情似火的爱恋，这也成了谌国松的整个世界。正好许红云和谌国松家乡也离得不远。但美好的东西如泡沫，谌国松写的情书到了许红云的手里后，就没有了结果，没有拒绝，也没有拥抱，只有彼此一声祝福。他发现谌国松因为失眠，头发少了好多。谌国松总是不停地听着姜育恒的歌，歌词里写着初恋的残酷。夜灯关了，他也久久不能入睡。最近少寒喜欢上了市里一个叫《缘分的天空》的电台节目。里面有太多生死离别的爱情，配上主持人陶松磁性的声音，总能够深深地打动他。这也成了他的一个习惯，晚上健身后回到自习室，他都准时打开收音机听主持人陶松放的歌，听风花雪月的故事。寒风在窗边刮得很紧了，不知道今夜雪会不会来。

网球班在冬天停课了。舞蹈班还是照常，每周一次。一年下来，他的舞蹈基础打得还不错。经过上次舞蹈比赛，他明白了舞蹈就是在音乐中散步，自由地融入音乐的旋律中。舞蹈老师更厉害，好像已经没有了步伐，只有音乐，可以随心所欲，拉丁舞都跳得铿锵有力。

北风在吹

北方的风
总是依恋塞外的雪
风雪夜归人
她的笑脸
灿烂如花
可以温暖他的寒夜

爱数清晨雪里的脚印
一路到西门的尽头
满眼是洒落的碎雪
是他们的青春
在春天可以
慢慢融化

忘了她
就可以回到南方
带不走北方的吻
忘了她
犹如从没有
踏进山海关

操场的冰是用一个像洒水车的机器推着浇好的，由体育系的老师负责。球场中间一圈由木板围起来，外面就形成了一个400米的赛道，里面可以用来练习。水洒上去，在冰冷的夜晚，没几分钟就结成了一层层坚硬的冰。大部分同学都用的速滑冰刀，刀身比较长，速度可以很快。还有一种就是花样冰刀鞋，刀身短，可以做很多动作。一般技术好的同学直接就穿花样冰鞋，比如同学王程。王程来自辽河油田，从小就会滑冰，已经可以随心所欲地滑了。女同学赵露泽滑得也很厉害，弯道也非常流畅，速度也好快。一到晚上，练习的人就非常多了。他刚开始从能站稳学起，到慢慢挪动，按体育课上学的基本动作再左右向前滑，大部分人也都是这么学过来了。到第五次，他们差不多都可以滑起来了。来自山东的同学吴洪栋也滑得满头大汗，他也好几次邀请女同学那娜、王媛波一起来练习。那娜、王媛波和赵露泽都来自附近满族自治县，她们身上有自己独特的民族文化。夜灯忽明忽暗，冰场晃动的人影在寒冷的冬夜里，让他感到温暖。1500米的滑冰考试，大家都过了。他的分数算中等，悬着的心终于可以放下了。

晚饭他又去了萍聚饭店。老板娘的侄女很快准备好了他点的菜，不一会厨师赵刚就炒好了。他坐在靠门边的一个小桌刚准备吃，看到栾楠放学回来了。她蓝色的自行车停靠在门边，晚霞就映在她灿烂的笑容里，清澈的眼神里。栾楠是老板娘的女儿，已经六年级了。她很活泼，会和好多学生打招呼。大家也都好喜欢这个小妹妹。今天老板娘给栾楠专门做了她爱吃的孜然羊肉。东北的羊，肥而不腻。他匆匆吃完饭就去上晚自习了，他一直在图书馆上晚自习。他找了一个靠窗的位置坐下，对面是英语系的女生孔冠男和李莉，他们彼此也成了好朋友。孔冠男的男朋友高他们一届，是回族的，怕她看书伤眼睛，经常把煮好的羊肝送过来。她的幸福就埋在她浓密的短发里。每每这个时候，他就会想起金友，不知道她现在怎样了，已经一年半了，也没联系过她。本来约好一起到图书馆上晚自习，后来金友忽然就从他的世界消失了。这悠悠的失落消失在他忙碌的学业里。现在，他每天都会去健身馆健身一个小时，体重也到了 65 千克了，更结实了。健身中心就在东门对面的体育场大楼的顶层，很大，有 600 多平方米，中间还有一个台球桌，前面空出来一片可以跳健美操。两年里，他几乎认识里面所有人。只是从大学过去的同学不多，大部分都是附近的工人，还有一些职业学校的学生。本系的就赵辉经常和他一起去。赵辉很健壮，平时也和他在一起练。后来他卧推最多可以到 150 千克。赵辉来自西安。练完洗澡后，大家都在楼下小卖部买一瓶这个城市特有的酸奶，可以缓解满身疲惫。今天，赵辉约他到西门边去吃麻辣烫，不是南方那种涮的，是里面什么都有，菜与肉、豆皮都在一起，他吃得很饱。他们偶尔也去校门边最有名的校园餐厅吃，那是一个老师家属开的，很受学生欢迎。他们家的青椒肉丝特别好吃，里面的香菜味道真不错，所以大家聚餐也经常过去。好几次，他还看到学姐王晶也经常过去。以前一起在演讲协会他跟她学了不少，而且学姐也是他们学习的榜样，听刘东铭说，她总是系里第一名。听说她也有了男朋友，也是她同班的，倒是没有见过。只是在饭店门口很远看到过，看上去很瘦，一身军大衣，很有文艺范。校园餐厅里面的装修和酒吧一样，有一个楼梯可以到二楼看台。

最近，网络开始流行起来，大学也组织了好多活动，都是和网络有关的。校门口还有许多同学在分发网络公司的广告，印象最深的是搜狐。他那时还不明白一个网络公司能有什么前景。不过好多同学都迷上电脑，寸刚戈就注册了一个聊天软件 QQ 的账号，可以在线联系好多陌生人。好多同学和寸刚戈一样都着迷了。电脑很贵，只有少数人才买得起，都是新一代五八六系统。他们好多都等别人上晚自习借来玩儿。他的寝室还没有电脑，老大谢永权和老二谌国松平时有空，就只能找王南、李强打扑克。他对这些没有兴趣，偶尔也写点东西给笔友。后来笔友也不流行了，他就放弃了。

北方的荒漠

枫叶里
是整个北方的秋天
看她捡了最红的一片
悄悄地藏在他的心里
山头的晚霞
让晚风不再寒冷

山外就是
北方的荒漠
秋风吹散了河流的痕迹
留下了农妇孤单的身影
她的锄头
还有他的伤悲

沙漠不害怕寂寞
金戈铁马埋忠烈
风一样的青春
都在北方的沙砾里
让他最后一次
可以策马奔腾

北方的秋天来得很早。开学一个月后，水房的水就能冰冻入骨。感觉秋天的校园变得寂静了，晚风吹过，能闻到园子里树叶的淡香。网球协会最近要组织一次秋游，他和王南都是骨干，最近一直开会计划这次旅行，最后定下本溪水洞和大青沟两个地方。乡企学院的周东海和会长王立萌还专门到这两个地方考察了一下。会长是大连人，球打得很好，是建工系的才子。这次秋游有 50 多人报名，他们租了一辆旅游大巴，准备来一场三晚两日游。大家兴致很高。第一站是本溪水库，酒店就在水库边上。周围群山围绕，就景区的一座宾馆孤零零的在山里，不远处就是水库。大坝很是雄伟，山上是满天的枫叶。在最高的山头，靠晚霞的一边，枫叶红透。在幽静的山谷，他感觉到一丝凉意，但能让他片刻清醒。原来这就是北方的枫叶，北方的枫叶红得好彻底。在山涧的微风里，凉意早就渗透到它的纹理中。而南方的枫叶，总是带着一层薄雾，写满水乡的忧郁。第二天一早，他们坐车上了大坝。和南方水乡不一样的是，水坝在北方是重要的供水系统。俯视下方，是一望无际的水库，微风里山林守候在两边。景区没有其他游客，显得有些寂寞，这恰好是他喜欢的。中午，他们就分成三组爬山，山不是特别高。大部分人是要到近处看看枫叶的真面目，到最高点，也可以看到山的那一边。周虹摘了好几片枫叶夹在书里。高处不胜寒，秋风吹过，山顶的寒意一阵阵。他到了这片山岭的尽头，对面就是悬崖了，可以看到远处的群山。山对面一处悬崖石头边，居然有一棵小的松柏，就这样倔强地生长在狭小的缝隙里。他有些担心，如果寒冬来临，不知道它能不能撑得住。整个景区就他们这些游客，整个饭店都只有他们预订。他吃到了正宗的水库活鱼，北方的红烧鲤鱼很好吃，炖得很烂，精华都在鱼汤里。晚饭后，因为太累了，大家早早睡觉了，第二天要早起出发去大青沟。

第二天，他们到了一个村落，但并不是大青沟，而是小清沟。他们都聚集在村长家里。村长家很大，还有一个自己的代销点、一个小的乡村舞厅。偶尔还有几个小青年在舞厅里跳着迪斯科，看起来有些滑稽。午饭很丰盛，有很大的鲤鱼，还有一种玉米做的饼非常好吃，他也是在北方第一次吃到。下午，他们可以自由活动，到附近的大沙漠玩儿，还可以骑马。他和王南、周虹是一组。不一会儿就看到一大片凹地，下面视野很好，居然没有一个人。他们像风一样沿沙坡跑下去，跑了好远，累了就躺在沙地上看辽阔的天空。不远处有个农妇在锄地。他们好奇，就走近去看，只见那个农妇满脸的沧桑，她黝黑的脸上透出的淡然让他们惊讶。她说种一点粮食，有收获就满足了。聊了一会儿他们就和她告别了。前面不远处有一个 20 多米高的沙坡，王南提议从上面滚下来，他们几人都试了一下，到坡下都晕得不行了。他们躺了好久才看清地面在哪，王立萌还差点儿把眼镜丢了，他们的欢笑声响彻整个沙凹。他们后来重新聚集到村里不远的马场骑马，他们都是第一次骑马，女生选择慢的马。他还是嘱咐分马的，要一匹快马。不知道这些是不是蒙古马，一行 50 多匹马，一起在沙漠上飞奔。慢的马跑不起来，只有他和几个同学的几匹快马跑得飞快。骑马的诀窍是村民告诉他们的，脚要踩住马镫，手抓紧马鞍和鞭绳就好。因为是沙漠，所以他还是挺放心，马跑得飞快，倒是带动那些慢的马也跟着跑起来，吓哭好些女生。他很享受身后风的声音，像一个战士在沙漠上和外敌决一死战，然后可以马革裹尸，一笑苍穹。骑马两小时太短了，他还觉得意犹未尽，最后大家都累坏了。晚上，他也第一次睡在北方的土炕上。晚上不是很冷，因为炕还是暖暖的，同学说是晚饭炉火的余热。好多人都睡在一个大炕上，这在南方还真不可想象。夜深了，他还想着白天那个老妇人的脸，锄把和他南方老家的一样的，只是在不同天际里。他的父辈或许今天也在地里劳作，带着期望和命运挣扎。

第二天回城路过本溪水洞，大家坐小船进了水洞。水洞很深，在大山里面蜿蜒，没有尽头。于美还特意带了一个空瓶装了一瓶水出来。水特别冰凉，洞里也寒气逼人。一些人没进水洞，就到旁边的小溪去漂流了。一只只排筏沿溪而下，大家玩得很尽兴。午饭非常丰盛，王立萌点了五只烤全羊，一桌一只。他看到店家厨房后面有好几个好深的地下烤窖，下面的炉火正旺，整头羊就在里面烤。烤好的羊，没有切，上了桌大家可以拿刀切下自己喜欢吃的部位，然后沾盐和辣椒面吃，太豪爽了。只是今天没有酒，有些可惜。车缓缓离开这个北方的村落，疲惫的大家沉沉睡去了。

北方没有狼

校园的槐树
依偎着北方的夏天
晚风吹过
可以看到她的温柔
等待晚霞落幕
一个人苦苦的等待

单车后面的初恋
没有开始
就到了小路的尽头
好想载着她的青春
让秋天不再来到
从南院到北院

午夜的梦
落叶里还是她
她的朝鲜礼服
让他和北方一直厮守
原来他的后半生
也是一只来自北方的狼

今年夏天特别热，寝室前面的广场在阳光下泛着白，还好旁边专家宿舍楼的那棵老槐树依然挺立着。听说专家宿舍楼其实是国际交流学生的宿舍，每年都会过来好多交流学生。他参加了这学期的建模大赛，集中在楼里花了两天时间参加比赛。两年的公共课上完了，下学期就开始上专业课了。还好两年来，他按计划把基础课，特别是高数、物理学彻底整理了一遍。和高中时完全不一样，现在他可以自主地花时间独立思考，可以把学科系统化。业余时间他也可以自由安排，文学、书法也坚持了下来。高中时他的语文特别差，为了学好数理化，他甚至放弃了语文。还好现在他可以花时间补回来，图书馆里好多文学作品让他兴奋不已。从茅盾文学奖作品开始，一直读到国内外文学巨匠，看透一本书，便可以走完另外一个人生。好几次，他想着《简·爱》里的女主角就如江南水乡的女子一样，温柔坚韧、聪慧独立。其他爱好，他也权衡发展，参加不少社团协会，包括舞蹈、网球。只要坚持下来，就能战胜自己。他刚刚考完大学英语四级，一个月后出成绩。好多同学暑假都留在学校没有回老家，他也不回老家了，他和班里的寸刚戈便计划趁这段时间勤工俭学，找找家教看看。寸刚戈是云南白族的，个头儿不高，但身体很健壮，眼神很犀利。他们一起打听到在学校不远的铁百商业街里可以找到一些机会。他们马上准备了一张 A4 纸，用毛笔写上两个大大的“家教”，然后匆匆出了东门，沿铁西区最繁华的兴华南街走十分钟，就到了铁西中心商业城。这一片集中了餐饮、百货、批发，是铁西区最热闹的中心地带。他们老远就看到路两边站了好多找家教的学生，得有好几十人。有不少骑车上班路过的人打听家教的事儿，然后留下联系方式。他们见状急忙加入了这个队伍，找了个大树边站着，这样可以躲过烈日。不一会儿，就过来好几个询问的。好几天过去了，问得多，确定下来的几乎没有，他们很是沮丧，每天站得满头大汗的。他们决定找找别的什么事情可以做做。终于等来好消息，学校后勤要整理全校寝室，有很多活儿可以做。管后勤的正好是本系同学肖丹的舅舅，肖丹是电机专业的班长，很帅气的东北男生，学习与人缘都好。按要求他们分成两组，他被选为第一组组长。活儿安排下来了，大家按组一起干。活儿很杂，比如把好几百个柜子搬到旁边女生寝室的楼里，还要把所有床位进行小修理。大热天的，他们干得热火朝天，扛着桌子从一楼到五楼，一个桌子 5 毛钱，一个早上可以扛 15 个桌子。同班的王战强、刘琦力气大，可以搬 20 个桌子，寸刚戈也可以搬到 18 个桌子。中午太累了，他和寸刚戈买了一个酒精炉，可以自己煮面或炒菜吃。假期宿舍管得松，可以偷偷地用酒精炉做吃的。谢永权也没回老家，他女朋友来了。谢永权有空就和女朋友在一起，或者和其他同学打扑克。寸刚戈现在迷上 QQ 聊天，喜欢和网友聊天，特别是女生。他也喜欢上电脑，偶尔可以打游戏。假期过去了，英语四级成绩可以电话查询了，他刚好及格。不过寸刚戈没过，看着很沮丧的样子，他也不知道怎么安慰他。不过后面机会还多，每学期都可以考。一个多月下来，他们勤工俭学平均每人可以攒下 500 元。这学期专业课分得很细，系里的教授林欣夫妇在高压绝缘方面很有造诣，希望他们能考上本校研究生，说好几年都没招到本校的研究生了。

十一假期马上到了，程少勇邀请他到家里玩儿。程少勇家在铁岭下面的叫调兵山的小城，离省城不远，坐车一个多小时就到了。程少勇有一个和日本歌星酒井法子长得很像的高中女同学，照片就在他的日记本里。这次回去，程少勇兴致勃勃地说可能见到她。下课后乘坐当天的客车就可以到调兵山，客车站就在南站旁边。南站是和平区的中心，步行街太原街就在旁边，也是省城两个火车站之一。太原街是省城最大的步行街，街里高楼林立，高端商铺也是一个挨一个。

情断调兵山

北方的风
点兵的山
秋风吹走金国的沉浮
带走一颗山头的顽石
他便不再畏惧
前路茫茫

北方的夜空
落叶溅落了月色
让他不再孤独
辽河还在流淌

他便可以无眠
厮守他的北方

金戈铁马
一旗招展
调兵山不再有英雄
告别的青春
在高处早已吹散
又是来年

客车从太原街南站的长途车站出发，很快就出了城，飞一般地行驶在郊外的马路上。路上凉风习习，两边的村落在晚去的炊烟里，显得有点儿寂寥，不像南方水乡，湖泊纵横，绿树青瓦，亭台楼阁相间。北方的原野那么粗犷，一马平川，少有河流，偶尔在村落里才点缀着些许树木。望不到边的原野，可以放飞他的梦想。调兵山有个很大的煤矿，大部分人都在矿上工作，程少勇的爸爸、哥哥也在矿上上班。城市里发展很快，马路很宽，两边大楼很多。程少勇的家就在一个学校旁边，他妈妈在家等了好久了。他妈妈有着一张慈祥的脸，看到他们来，满眼的兴奋好像期盼好久，终于在这一刻得到了释放。大厅的桌子上，一桌菜早已准备好了，程少勇的爸爸、哥哥都等着他们。程少勇父子俩一样，都有着消瘦的脸颊与瘦瘦的身材，也很健谈。倒是程少勇他哥哥无论是身材还是性情，和程少勇完全不一样，因为做销售，也很健谈。该吃饭了，菜很丰盛，东北酱肘子、红烧鲤鱼、酸菜炖白肉都是他们爱吃的，味道很正宗。程少勇妈妈也说，他们也认识在附近的几个南方人，好像也是来自湖北的，部队转业留下来的，人都特别勤奋，承包了养猪场，经常过来串门，特别能喝酒，和他们关系也非常好。程少勇爸爸喝了点儿酒，他们没喝。可能有点儿累，吃过晚饭后，他们很早就睡了。他们计划第二天去爬家边上的一座小山。夜好安静，没有了学校附近马路的嘈杂，能听到门外的秋风刮落树叶的沙沙声。外面的星空应该好明亮，可他早已不是过去那个爱数星星的顽童了。未来在哪儿，他还是那样迷惑，只觉得现在学好每门功课就好了，想着想着他就迷迷糊糊地睡着了。一早吃完饭，他们就出发了。自从上次大青沟回来，他还爱上了东北的碴子粥，程少勇妈妈还特意做了好多。

调兵山因金兀术在此地调兵而得名。山不高，也就不到 200 多米，山下倒是一马平川，可以望好远，或许是金兀术选此山点兵的原因。他们很快就爬到一半了，山上的石头不多，往上没一点儿草了。到山顶，就很陡峭了，往下一望，感觉脚底像浮起来了，有点儿害怕。风在高处刮得紧，把山顶的一个小旗帜刮得呼呼作响。山顶面积不大就能站几个人，他试探地望向山下，一片广阔的平原都在眼里，都在挥手之间可以触及。他想着，金兵厉兵秣马，旌旗招展，从各个部落聚集于此，朝气蓬勃，在北方的风里，就等着他们的首领一声令下，便可以奔扑到遥远的战场，即使马革裹尸也永不后悔。他们可能就是北方的狼群，在他们的原野里，按草原的原则狩猎生存。风刮得更紧了，习惯了水乡平原的安详，此时他忽觉有点儿害怕，就急匆匆地下山了。下午，程少勇要和初中同学聚会，他便陪程少勇妈妈去外面转一转。听说程少勇那个像酒井法子的女同学也回来了，他又想起金友了，他好久没联系她了。小城不大，沿街道一个来回两个小时。看着程少勇妈妈锻炼够了，他也觉得满足了。程少勇妈妈还说着，有空就过来串门。晚上，程少勇回来了，但他还想着早上的山顶，还有点儿后怕，总想着山顶是否会有一只狼在静静地看着他们，盯着他们的一举一动。时间好快，一个周末很快过去了。返校的长途车就要出发了，程少勇的妈妈远远地望着他们，还有那深深的期待，永远留在了他们身后。刚到学校，不知道什么原因，学校忽然乱作一团了，操场上到处是人，有各种条幅。他问了班长王程，王程就说赶快以班级为单位集合，准备出发去美国领事馆。一打听，才知道美国人炸了中国驻南联盟的大使馆。大家要组织去美国领事馆抗议。

午夜的雨

雨滴和尘埃
在今晚会无眠吗
尘埃痴情
哀叹流水无情
终归泥流成河

洒落在他的窗前

她的笑容
还在校园的小路上
偶然回头
一处夜灯
婆娑的长发
还在灯火阑珊下

千年的缘分
挥手一次
就告别在今晚
给她吧
你还未奔放的青春

后面几周，电视台一直在播报大使馆被炸的新闻，还不时播放北约和南联盟的战事。专业课老师鼓励他们要发奋图强，报效祖国。他们班有十多个准备报考明年冬季的研究生考试。他们上一届考得不好，除了保研的就考上一个。博导林欣老师还很着急，也一直给他们打气。主要考研公共课里高数比较难，英语、政治还好，另外两门专业课也好考。所以要考上，高数是最大的难点，而且只能靠自己复习。高数范围特别广，包括微积分、线性代数、概率等，而且难度也很大，听说去年国家分数线才 40

分。研究生招生在20世纪90年代还很少，大部分本科毕业生都已经安排好工作岗位了，叫双向选择。他们专业生很紧俏，基本毕业前都被安排好了工作单位，大部分也在大城市。研究生考试是国家统一考试，按排名录取，基本做到了相对公平。开始备考了，大家压力一下子加大了好多，买好了一大堆复习资料，图书馆成了最好的复习地点。他旁边这几天坐了一位陌生人，一问也是电子系的，叫葛力俊，在天津工作了又回来考研究生，他还挺佩服葛力俊的勇气。葛力俊是蒙古人，浓密的头发下大眼睛特别有神，中等个头，成熟的笑容让人感到亲切。他们五六个人固定共用一个桌复习功课，还有英语系的才女孔冠男和白雪，乡企学院的外号叫“小金鱼”的刘慧，虽然专业不同，但也算和谐。偌大的图书馆里，这个自习室像这样的桌子有上百个，但大家都很安静，都埋头忙碌着自己的事儿。他们这个组偶尔会在周末一起去图书馆前面大体育场里面的舞厅，舞厅是学校工会组织的，里面空间很大，一个大厅里有一个彩色的顶灯，音响声音好大。好几次，他看到他的舞蹈老师也过来跳一曲伦巴。伦巴对一般学生有点儿难度，最普通的就是放一首刘德华的歌，旋律悠扬，适合跳慢四。他们可以邀请女生跳舞，即使不认识也不用那么尴尬。不过，一般他和葛力俊都和他们同座的几个女生跳。有时周末人也不多，舞厅显得很空荡，但并不影响他们的兴致。一周紧张的学习下来，偶尔放松一下，当作缓解。最近谢永权在寝室复习考研，经常和他的女朋友周旭亮在一起。寝室一起吃饭也都叫上周旭亮，她很开朗活泼，眼神非常坚毅，短发下偶尔的顽皮让他们印象非常深。他挺羡慕的，可能他缺乏谢永权的那种洒脱，以及周旭亮的执着和坚持。那个时代的大学生，太缺乏这种冲破传统的勇气。或许，这种勇气对很多人来说都太稀缺，一对恋人为了在一起，从高中时代就敢爱敢恨，可以连续两次复读，就为了再次在北方相聚。这一点他是欠缺的，他不敢去爱，不敢打开爱的心扉，爱对他来说太奢侈，他觉得还有好多事情没有做。现在，他只想着他的高数，他记得东港初中还有对裴林芝的期盼，但他一直没等到她的回信，他甚至怀疑留给她的那封信她没看到。后来，听说她离开了学校去了武汉，还参加了英语四级考试。好几次，他打电话过去，但都没联系上。就这样，她杳无音讯了。暑假马上也到了，专业考试也草草结束了，现在他们精力都放在考研上了。

金友她们乡企学院三年就毕业。金友爱画画，所以选的是建筑系，金友爸爸在葫芦岛建筑设计院工作。金友毕业后就去她爸爸单位上班了。从三年前第一次打网球开始，他就当金友是他的一个小妹妹，缘分在他和她之间有太多阴差阳错，到如今竟成了一份淡淡的情感。金友的孪生姐姐金谊很看好他们。其实他们都没见过几次面，两人说的话太少，彼此也不知道对方究竟在想什么。金友的闺蜜马璐平，也觉得他们是天生一对。可是，他太呆傻了，金友又那么冷傲，两个人总是想不到一块。到了说再见的时候了，他请她们到校园餐厅去吃京酱肉丝，他还买了草莓给金友。下午金友爸爸就开车来接她回去了。他知道，这一次她可能就永远离开这里了。她的寝室在南院四楼最里面，他们忙碌地搬运所有的行李，一台车应该够装了。金友爸爸是朝鲜族，很健壮，步伐很快，不经意看了他一眼。在车快要开动的一刹那，少寒再回到金友的寝室，做最后一次检查。寝室都搬空了，其他床铺也空了，金友的床边墙上有画的打篮球的樱木花道，用铅笔画的，还挺细致的，樱木花道消瘦的脸颊上有淡淡的忧郁，眼神如金友般，一直那么深沉。忽然在墙角，他发现了他送她的网球拍。两年前那个夏天，他和她一起打网球，他送给金友的。他没多想，拿着球拍飞快跑下楼，在开车前把球拍交到金友的手里。他注意到了金友的尴尬。车很快消失在南院的大门外。他有些局促，孤独一人，告别在傍晚，今夜无眠。

暑假期间，北京来的一所名校的政治老师要做专场考研演讲，好几千人聚集在大礼堂听讲。路上，他碰到同班同学齐鸣，他惊讶于齐鸣的憔悴。齐鸣最近一年特别自暴自弃，经常吸烟，身材也消瘦了许多。王程告诉他们，齐鸣高中的女朋友留学韩国移情别恋了。他看过齐鸣钱夹里他女朋友的照片，一头秀发，如金友一样修长的身材，白皙的皮肤，如清晨的露珠滴落在醇香的栀子花上光滑，眼里的远方如在眼前。齐鸣一直背着那个大家熟悉的他女朋友送的羊皮背包，每次上课，齐鸣都格外珍惜，底部也磨得快褪色了。一切都在那个夜里结束了，齐鸣拆开了那封从韩国寄来的分手信。从那以后，齐鸣就很少来上课了，他的生活除了烟酒，就是迪厅的音响了。齐鸣的眼神，不再和以前一样乐观，充满希望。可能是爱得太深了，要耗掉所有的青春才能走出来。好多人都不理解齐鸣，本来有着大好的前程，却要用颓废的一生来守护自己的初恋。对此他挺惋惜的，但他也觉得自己如世俗一样，软弱且自我。即使他能如他的导师一样学富五车，又能怎么样，那时他就有勇气追爱了吗？这或许就是真正的青春无悔呢。他和齐鸣打过招呼后，各自奔赴不同的路。

离别的客栈

夕阳西下
余晖洒落窗前
不再有离别
还是拾起行囊
落下远山的窗帘
挥泪

英雄不再
又一处客栈
告别在清晨
望不到边的忧伤
早已消散在
晨鸟的鸣叫里

唤醒了他的一颗中国心
不再害怕深秋的寒夜

温一壶浊酒
一樽还对江月
它日再饮长江水
又回滗水河
离别他的客栈

齐鸣低着头匆匆走了，他望着齐鸣的背影，欲言又止。自己的悲伤，一定要自己走出来，老大谢永权也跟他说过。好在最近老二谌国松走出了持续两年的失恋的痛苦，也在忙碌地复习着专业课。不过，谌国松头发掉了不少，但气色好了很多。他知道，谌国松站在许红云回寝室的小路上守候了好几次。变化最大的就是老六刘东铭，因为刘东铭终于恋爱了。刘东铭在参加演讲协会的活动时特别关注一个英文名叫 Tcuici 的低一届英语系的女孩儿。Tcuici 有大连人独特的白皙皮肤，拥有南方的温柔和北方的直白，一头秀发也掩盖不了她独特的气质，明亮的眼里始终像隐藏着一首诗。在刘东铭关注她不久后，俩人就一起在食堂吃午饭了。Tcuici 依偎着高个儿的刘东铭，成了食堂别样的风景。

大四了，大家都准备最后一次冲刺，然后迈向未知的世界。除了专业课，他还一心一意准备着研究生考试。坐在安静的阶梯教室里，看着一个个埋头复习的同学，他想着他的高中、初中同学都在哪儿呢？因为考到北方学校的同学太少了，他几乎失去了他们所有的联系方式。最近，他买了一个 BP 机，这样他就可以联系爸妈了。他也尝试了几次给广州的裴林芝发消息，让人意外的是，她居然回复了。她告诉他电话，他打了过去。原来，她从武汉去了广州，在一家外贸公司工作。好多年没见了，他只希望她永远幸福。相隔太远，他们不可能同时望到南方的云彩和北方的大漠，距离让一切都变淡，至少在他稚嫩的肩膀上，他还不能承受像谢永权和周旭亮那样的洒脱和义无反顾。他只想准备好今年的考试，然后或许有好的机会，可以飞向更高的天空。高数有很厚的几本书需要复习，还要做到融会贯通。还有政治课，要背很多知识点。每天他都要确保十个小时的学习时间。最近，为了复习，他和程少勇、吴洪栋在外面租了一套两个房间的房子。他一个人单独有一个房间。房子离学校骑车五分钟路程。晚上程少勇洗碗，他负责炒菜，吴洪栋负责买菜。吴洪栋是山东人，个儿不高，很腼腆，身体很结实，主食很少吃米饭，每次都去市场买回两个大馒头。吴洪栋觉得馒头凉了好吃，每次他做菜就会做得咸点儿，但程少勇不吃太咸的，还好他们在一起很融洽。偶尔周末，他们还请赵露泽她们过来做排骨炖酸菜。这样他们也有机会来一次大扫除，要不平时太忙，也顾不上打扫卫生。

中午，吴洪栋兴奋地告诉少寒在路上偶然看到金友了，说她回学校取什么文件，还说金友在下午四点左右想和他见一面，在图书馆门前。因为是周末，图书馆门前特别安静，几乎没有什么人。秋风已经开始变凉，他想着三年前，也是在这个地方，他和她懵懵懂懂见了一次面，就匆匆离去，他还来不及好好看看金友的容颜，就匆匆告别了。今天，金友还是一袭长裙，长长的头发一直落到后背，修长的身影倒映在图书馆前的喷水池里。金友看到他，满脸的笑容，带着羞涩，脸颊有点儿淡红。她的眼近视很厉害，她第一次这样仔细盯着他，没有以前的高傲和冷漠。他也是第一次感觉到他们两个人如此和谐。其实，直到此时她才第一次真正了解他，以前他和她都在等待对方。他们在道别的时候，才知道彼此靠得那么近。他还是带她到校门口熟悉的校园餐厅，请她吃她最爱的京酱肉丝、锅包肉，还买了好多草莓。今天是他们说话最多的一天，饭后，他骑车送她去她同学的出租屋。第二天，她就要回葫芦岛了。他把自行车停在楼下，望着她上楼的背影，莫名的悲伤涌上心头。他知道她近视，已经看不到他此时模糊的泪眼。告别时，他还来不及牵一下她的手，弥补他大学时代的遗憾，就这样告别了，没有说下次什么时候再见。晚霞就这样把他的背影洒在墙上。他知道她也在等待，但他再一次没有跟她告白。

告别在晚秋

真不想
告别在秋天的傍晚
晚霞的余晖告诉他
永别的风不再为她刮起
还是图书馆的广场上
枫叶落了一层又一层

三年的守候

终于等到她的笑颜
自行车后面
他乖巧的草莓女孩
载她到她海边的家乡
把深秋的初吻留到心里

离别的长影
久久洒在她楼梯的墙上
红色的晚霞里
他第一次泪流满面
青春的怯弱才刚刚开始
一夕是百年

考试那天特别冷，前一天去熟悉考场的路上，好多同学都摔倒在厚厚的冰上。晚上，他特意到常去的饭店吃饭，老板娘做了他爱吃的红烧偏口鱼，并鼓励他一定不要紧张，好好考试。第一天考英语和高数，高数特别难，好多同学都说考得不好。吴洪栋因为眼睛特别不舒服，高数也考得不好，于是说下面的科目不考了。大家都觉得可惜，毕竟他们一起复习了那么久，好不容易等到这天。那娜也过来劝吴洪栋，但吴洪栋还是选择放弃。其实考完大家的分数都不高，如果吴洪栋坚持下去说不定能考上。后面的政治和专业课，大家都比较有把握，主要看英语和高数的成绩了。考完没几天就放假了。

公安县的江水

冬天的江流也会疲惫
退水到了沙滩的尽头
晚风里
是少女的倩影
双臂拥抱滚滚江水
带他们的青春开始飞翔

江堤还是那些熟悉的顽石
找到从前的那块
久久地守候它到
江风可以
寒透肌肤
让离别不再痛苦

炊烟未老
飘到了江北的原野
对岸的明月
还是如江南的一样温柔吗
故乡的江水未凉
东流一江离愁

考完试，他就急匆匆地登上了归家的火车。还好有好多老乡和他一起，21 个小时后就可以到武汉了。列车驶过了北方冰封的田野，进了山海关，过了天津，就差不多剩一半的路程了。直到看到雄伟的武汉长江大桥，还有滚滚长江水，就算是到家了。每天早上一碗热干面，或者牛肉面，还有爱吃的水煮财鱼，才恍然找回他久违的味蕾。在北方待得再久，家乡的口味永远不会变。下次他想一人站在江桥上，好好看看武汉三镇，在浓雾里看若隐若现的楼宇和龟蛇山脊，让微寒的江风把他冰冻，回到遥远的过去，北方的味道才能慢慢变淡。不过计划几次，他都没去成。他知道这个城市有好多同学，却一点儿音信都没有了，少寒第一次感到无比孤独，还好他还有在长春读书的谭贵华的消息。今年，谭贵华一定也回来了。火车到了武昌火车站已经是夜里十点多。他们老乡一起十多个人，刚下火车，就在嘈杂纷乱的车站里找到十元一晚的大通铺。他们想着第二天一早就回家了，将就凑合一晚就好了。大通铺和学校寝室差不多，一个大屋里好多高低床铺。被子、床单也是脏兮兮的，他们只能合着外套住一宿了。他们都累坏了，一睁眼天就亮了。老乡会会长王波和他们一一告别，大家分头去附近长途客车站。客车站就离火车站不远，和以前一样，他挤着人群买好了当天的票，在街边迫不及待地买了一个锅盔，还有武汉豆皮吃。等到中午，客车缓缓驶出他熟悉的车站后就一路向西，沿高速走三个小时就到荆州了。从荆州到公安县要坐摆渡船，好宽的江面，大的摆渡船吐着黑烟。年关近了，排队摆渡要两个小时。他一直很害怕，看着车沿陡峭的江堤和甲板下去，慢慢开上轮船。还好，客车过了河半个小时就到家了。村落的一切都是熟悉的，路边的田野还是没变，老城的容貌也一直没变，油江桥还是如往昔一样繁华。他终于到家了，大家都好开心，他们一家都到步行街五姨家吃晚饭，计划着今年过年可以到乡下姥姥家去。他们一大家有 20 多人。姥姥过年会杀一头猪，还要准备很多鸡鸭、牛肉、鱼糕。姥姥家屋后面就是一大片菜地，新鲜的蔬菜也差不了。他的表妹苏苏、娜娜把秋天就埋在菜园里的甘蔗挖出来吃，甘甜可口。已经四岁可爱的萌萌、璐璐也可以站在旁边观望了。可惜只有乔乔没有回来，和二姨还在远方的福建。二姨和她的第二任丈夫一直在外地，因为怕她前夫无理取闹找麻烦，也没敢回来，乔乔也一直跟着漂泊在外面。几个表妹都能歌善舞的，非常讨大家喜欢。大人们都忙着打麻将，他倒是可以带着萌萌和璐璐，一手牵一个，沿着村里的小道，顺着村落走下去。小河边，水草在疯长，微寒的风吹起涟漪。这些他太熟悉，这里有他小时候的点点滴滴。他带着她们走到不远的村落尽头，那里可以看到水田边疯长的枯草和河里芦苇。冬天里，水田都干涸了，留下半截稻谷茬在田里，一望无际到天边。苏苏和那娜她们也过来了，他和大人一样，把田堤边的枯草烧掉，远处都有一片片烧掉的枯草皮，真是“野火烧不尽，春风吹又生”。很快一小撮草被他点燃了，烟飘起来、火燃起来，很快就烧成一大片了，几个表妹怕得不行。没一会儿，枯草燃尽，就剩下一片烧黑的残草根了。日落时分，可以闻到烧透的草的香味。沿着小道，丢下城市的乏味，他可以重新回到过去的童年时代。

开学前，谭贵华到他家来玩儿，约他去看邱佩丽，可惜邱佩丽不在家，可能去走亲戚了。谭贵华有些失望，平时他们只能靠书信联系，这次来，她还不在家。谭贵华还是和高中一样，消瘦的脸颊，深邃的眼眸，很乐观，笑起来还是一样爽朗。谭贵华又想起车桥厂还有一个叫莫丽顺的女同学，他俩去找她玩儿。他们仨吃完饭一起去了熟悉的长江大堤。冬天的长江就像一个疲惫的老人，江水退到江底，好多沙滩都露出来了。莫丽顺个儿很高，身材修长，短发，乐观，眼里满是那种玩世不恭的桀骜不驯，可能这是吸引谭贵华的地方。他和莫丽顺好像没同过班，高中时代一点儿印象都没有。他们看着她站在宽阔的沙滩上，面朝江面，呼吸着自由的江风，伸开的双臂，像要带着他们就要飞到远方。她的活泼打破了江面的沉寂，让他们的笑声飘得很远。寒假很快就过去了，研究生考试结果倒是没有像高考那么让他纠结。记得高考后，无数次梦里他还在验证考题的对错。可能高考太重要了，决定他的人生和命运。不过后来，他也想明白了，高考的成功只是需要他承担更多责任。如果高考落榜，他倒是可以如自己的父辈一样，为生计奔波，没有闲暇苦苦地思考自己的人生，随时代随波逐流，随遇而安，其实也挺好。高考了，上了大学，读到了博士，或许才觉得，一生追求的却是茫茫的孤独和焦虑，责任会不断地加重，压得他喘不过气。

时间过得很快，谭贵华约他一起回校。他们一起到武汉，这也是他第一次这么真切地了解武汉三镇。他们留了一天时间用来拜访华中理工大学的同学，他们高三都是杜老师班上的。周围都是大学城，理工大学也在里面，大学城很大，有好多教学楼。偌大的草坪上，他们几个可以坐在一起打牌。暖阳照耀的中午，他看着他们温暖的脸颊，无忧无虑的表情，好像又回到高中时代。晚饭在校外的小饭馆吃的，吃了辣椒炒瘦肉，真好吃。夜晚的校园挺安静的，他们还没尽兴，谭贵华提议可以爬大学后面的一座有名的小山。山不高，就在校园里，他们不到半小时就到了山顶了。上面有一个书亭，还有不少同学跑步上来。他们找了一个靠石头桌子的座位，谭贵华说大家等到毕业，功成名就，还可以过来不醉不归。他觉得好开心，小山下的夜景很迷人，暮色中，远处山林密布，偶尔一处灯火或明或暗。雾气是武汉的特色，它无时无刻不在你的眼睑里。一尊还酹江月，他们喝得不多，但很尽兴。高中的爱恨情仇，未来的虚无缥缈都在武汉的夜晚慢慢地融化了。他看着谭贵华坚毅的脸颊，似乎明白了什么。他知道谭贵华爱北京的她，但她可能早已不爱了，她的青春经不起世俗的考验。他们依依不舍地下山了。武汉的月色很美，很快就消失在他们的梦里。本来他还想去地质大学看吴学俊的，碰巧吴学俊不在寝室，他们只能匆匆赶往火车站。汉口火车站的广场好大，人也很多，大多是南下打工的。谭贵华买了有专门磁卡的电话，可以二十元、五十元地充值，这样打长途电话能便宜些。他下午用了一次，给父母报了平安，然后就登上了北去的列车。中午，他的表弟范爱国过来说要请他们吃午饭，就在车站旁边的酒店，大玻璃窗里有个好大的桌子。他们点了三菜一汤，还有一条红烧鲫鱼，很好吃。表弟学习很好，小学就在他老家河对岸学校，也是从一中考到武汉大学的一位才子。不知道他们这次一别，要多久再见面，明年大家都要毕业了，可能都要去不同的城市。列车要经过好多城市，诸如驻马店、郑州、石家庄、天津、葫芦岛，每个城市都有它的历史。

虞美人

秋去冬来何时了？又梦回江南。后院秋风一夜紧，清冷寒鸦明月又南归。

长堤柳絮江水流，只是少一客。江南江北一百年，一朝一夕渡人间繁华。

大四最后一个学期，他们都紧张地找到了各自的毕业课题，然后开始按课题老师的要求去图书馆找各种相关专业资料。他的课题由系里有名的王教授的硕士生邹积浩来指导。王教授是学校前校长，学术地位也非常高。上一届他们这个方向就两个硕士生。邹积浩学习非常刻苦踏实，是系里唯一保研上来的，有山东人的朴实，也有南方人的细心和坚韧，个头儿不高，但精神抖擞，眼神犀利，对他的要求也很严。他找了很多专业资料，后来还是从邹积浩那得到一个书单。他看了书单上的书，视野一下子被打开了，才开始课题的具体工作。不到一个月的时间，研究生考试结果就下来了，寝室老大谢永权考得最好，他考得还行，第二名，但还不知道录取分数线。等分数线的一个月时间，不知道他们是怎么熬过来的，他们心里还是很担心。也不知道他在多少个夜里，想着结果究竟会怎样，毕竟他的高数才刚刚及格，不知道今年高数分数线多少，他也理解其他同学的压力。后来等分数线公布出来，大家都舒了一口气。高数分数线才 41 分，这样大部分同学都过了。这一届他们专业有八个人通过国家研究生考试。这学期，他们都回寝室住了。退房的那天，他们三个一起约了房东退房。冬雪还没有全化，在到学校的省辽公路上，他们三人显得有些孤独，全身都挂满了东西，蹒跚地往学校走。看着省辽公路过往的车流，北方的寒潮还在，他们快要冰冻的双脚就在还有残冰的路上走着。寒风从来都不是温柔的。也凑巧，房东的面包车在离开后，又在拐角处碰到了他们。或许，房东也感觉到他们应该和上个租户不一样，停下车帮他们把行李一起送到学校宿舍，他们很感动。人生就是一个个驿站，每次都要努力奋斗，然后停驻，再断守一份孤独，这次他要开始另一段旅程。不过当下，他要全身精力投入毕业课题，开始最后的冲刺。

周末，室友王耀文邀请他去吃饭。他考虑再三后答应了。王耀文是本专业唯一一个性格孤僻的同学，好几次，辅导员找了他家属了解情况。其实，他是王耀文唯一交流比较多的同学。他了解他的过去，王耀文小学时父亲就去世了，后来和继父一家勉强相处，导致王耀文很长时间都活在自己的孤独里，有点自闭和敏感。其他方面他觉得都和大家一样。王耀文爱好摄影，他记得他们一起拍了好多照片，他也看到过王耀文开心的微笑和自信。可惜，王耀文不被大部分同学理解，一直被当作一个异类，这可能就是这个社会最真实的地方，他们都会首先活在一个世俗的世界里，接受从众的观点，然后才能慢慢超越。他到了王耀文现在的出租房，屋里没有暖气，寒冷刺骨，他不知道王耀文是怎么挺过来的。他知道，王耀文可能太孤独了，才叫他过来的。他也理解这点，马上去附近菜场买了好多猪脊骨，还有小白菜。他要做他拿手的脊骨炖小白菜。很快一锅就做好了。王耀文特别爱吃，他们都吃了好多，最后汤都喝了，计划下次再聚，可是一毕业，王耀文就无声无息地走了，没和任何人告别。后来，在他的寝室床铺下，郑祥发现了好多剪碎的其他同学的照片。王耀文这么做，是在和他的大学时代诀别。后来他意外发现，在撕碎的照片里居然还剩一张完整的王耀文和他的合影。他再也控制不住情绪，泪流满面。他们都还只是一只只幼鸟，如果哪天长成了雄鹰，一定会搀扶王耀文，帮他走出童年的阴影。

毕业的晚宴

毕业的季节
风都变得躁动
让春天早早地离去
看朝阳里
就要发芽的柳絮
原来北方的冰河早已融化

伤离别
四年的花开花落
铺满了校园
古老的梧桐树相信
离别的是岁月
留下的是她青春里处女的倩影

不敢踏进
离别的车站
让无穷的思念在铁轨里延伸
永别不可怕
夜晚里，原野里
一直有你灿烂的初吻

同学们都在紧张地准备毕业答辩。他的电场计算结果在电脑跑了好几天了，结果也准备好了。所有的工作在邹积浩的计划下都完成了，论文也改了很多遍，最终版本也写完了。系里曹云东老师和刘晓明老师也准备了好多打印纸，准备打印他们的论文。两个老师也都是王老师的博士生，既是系里老师，也是师兄师姐。邹积浩话不多，很严肃，一心都扑在专业课上。回寝室，他看其他同学也都准备好了课题答辩。最近，各大企业招聘也开始了。那时已不再是以前国家统一安排工作了，企业和毕业生彼此选择。还好他们专业很紧俏，也是学校几个重点专业之一，一半同学都去了北京的企业。那时企业都负责办理当地户口，所以能去北京的同学都很高兴。保研和考上研究生的有将近十个人。系里老师都很高兴，毕竟今年是这个专业考上研究生最多的一年。下面就是找导师了，他还是决定继续跟着王教授完成硕士阶段的研究，也听取了邹积浩的建议。不过最近，邹积浩一直忙着去德国留学的事儿。他们专业的黄汇中还没毕业就联系好了去德国的大学，说去德国留学没有学费，而且大学随便选，只要能考过德语入学考试就可以。黄汇中和同校的女朋友何艺飞毕业后就报了德语速成班。邹积浩一直想去德国，正好王教授去德国留学过，给他们说了不少德国学习的事儿。于是，邹积浩和少寒也一起开始准备留学的事儿。邹积浩准备直接申请德国博士奖学金。这个好像比较难，奖学金的事儿一直没有着落。他想申请德国研究生，但第一步是参加德语入学考试，所以他也不着急，决定先报考德语班再从长计议。

所有同学的答辩都顺利通过了，最后的聚餐是在附近一家比较有名的惠友饭店举行的。一段青春可能在今天就要画上休止符。他要留下了，和一些同学继续留校三年，可其他同学就要告别了。那天，他喝了很多酒，喝得很尽兴。出了饭店，夜风习习，看着熟悉的街道和灯火，他现在只有祝福，希望他们都能再回母校看看，这样他们可以再次相聚。到最后一班车离去，只剩下他自己了。而他早已报好暑假的德语培训班，他的路还很长，一切都好像要重新开始。

2001年的相识相爱

北方的冰雪
冰冻不了她的笑容
校门外
夕阳西下
她的影子沿着小路
婆娑令人爱恋

江南烟雨
爱与飞霞起飞
北方大漠
孤烟直落，壮士弯弓
今夜他一直守候
在她的帐篷

低头看到她的忧郁
只有掩埋自己的忧伤
希望北方的寒冬晚点到来
让他早早搭起蒙古包
因为他迟早
会成为一只北方的狼

第六章　北方的天空

暑期的德语班就在和平区彩电塔下面，是同学黄汇中介绍的。黄汇中和何艺飞这对恋人一毕业就去北京外国语大学学习德语了，可能年底就能考完德国大学语言入学考试，然后直接入学了。和平区就在铁西区旁边，但骑车过去也要半个小时。王阿姨特地把自行车给他准备好了，车是他栾妹妹上小学骑的。他试了一下，还挺不错。这样他很快骑过铁百，过了火车站就剩一半路程了。他到了彩电塔旁边的德语班报了名，语言班有四个，可以学C1，然后可以考德国大学语言入学考试。语言班的老板也是德国留学回来的，人很和蔼。老板有一辆大摩托车，每天都会骑摩托车过来上班。两个女职员也很和蔼。两个德语老师也是从德国访问回来的学者，有50岁左右。张老师彬彬有礼的，还戴着一头乌黑的假发，发音很标准，对德国历史很了解。李老师口音很重，很内向，德语语法很好。两个老师轮流给大家上课，一般上午四个小时，每个班有20多个学生。学生学历参差不齐，有刚高中毕业的，也有大学毕业的，也有很多高中没毕业报了德语班，过了德国大学语言入学考试就可以去留学了。德语班在一栋办公楼，他们中午可以在办公楼食堂吃饭，午饭五元就可以吃到一份红烧肉，饭菜还算可口。他也可以到旁边建筑公司附近的小店，点一份吊炉饼和北方的豆腐脑，北方的豆腐脑放的是咸的炒好的木耳和酱料。吃完，他就骑车回学校，等衣服被汗水湿透了，他也终于到了熟悉的校园。

大学同学都离校了，他只能搬到邹积浩那去住。还好，邹积浩那届研究生比较少，一人一个宿舍。东北的夏天就中午热，早上和晚上就凉快下来了。他和邹积浩偶尔会打打牙祭，他厨艺好，做一大锅老家的红烧牛肉，这样他们可以饱餐一顿。他特别喜欢北方的蒜蓉辣酱，加牛肉和土豆一块儿炖，味道非常好。寝室是新建的研究生宿舍，不知道开学他们会分到哪儿。他说了是王教授的学生，宿舍管理阿姨才放他进来住。二楼的宿舍就靠街边，对面就是常去的那家饭馆，旁边也新开了一家理发店和音像店。葛力俊也住在旁边，葛力俊的同屋也在勤奋地准备着移民加拿大的考试。葛力俊一直在天津附近的油田工作，现在也在准备毕业课题。整个暑假，他们都忙忙碌碌的，偶尔会一起去球场打篮球。德语开头难，本来邹积浩要一起去学习然后一起到德国的，后来申请德国博士奖学金的事儿拖延了，邹积浩便开始准备浙大的博士生考试，而且换到电机控制方向，挑战也很大。他也一直给邹积浩加油。少寒南方口音很重，学德语发音也很难，每天四个小时不间断。德语分成好多等级，从 A1 开始，到 A2、

B1、B2、C1，最后是德国大学语言入学考试。一个等级大概持续两个月，需要十个月不间断地学习，才能学完所有。现在他只能慢慢学完A1，A2。他的同桌是一个叫于东儒的沈阳当地的女生，刚高中毕业。她妈妈是招商银行的领导，每次她妈妈都开本田车过来接她，大家都调侃于东儒，“本田妈妈”来了。他倒没注意到这些，只觉得她很聪明，二中毕业的，高高的个头儿，皮肤白皙，很害羞，长相一般，但很温柔，人很随和，看不到北方人的豪爽。听说她妈妈准备送她去澳洲留学，不知道为什么还要过来学德语，可能两手准备吧。他德语学得一般，只是语法好一些。一个暑假就这样匆匆过去了，没有稍许停留。后来，他也说服爸妈支持他去德国留学，爸妈很快就把80 000元打进他的账户，他知道，这是爸妈多年的积蓄，他一定要加倍努力。德语班有对母女很特别，她们一起都在班上学德语，学得非常认真。女孩叫芳芳，所以大家叫她妈妈为芳芳妈妈。芳芳长得很胖，很憨厚，高中没毕业就给家里干活儿了，听说她家里批发鸽子到各个饭店。每天一大早，芳芳就骑着三轮车给各个饭店送鸽子，然后急匆匆赶来上课。她高中都没读完。因为芳芳学习不好，学德语也非常吃力。芳芳妈妈岁数大了，非常努力学习，因为她要陪芳芳一起去德国。这几年去德国留学的特别多，只要公证大学一年级学历和通过语言考试就直接可以入学了。不过，他们老师说德国那边入学容易，但毕业难。可好多人管不了这么多了，因为德国大学都免费，先进去再说。没几天，大家在德语班都互相熟悉了。还有一个刚大学毕业叫周正的人，和他一样都是农村来的，人很踏实，德语学得很好，立志要报考哥廷根大学的法律系。法律系很难，但周正很努力。剩下大部分人也都是大学毕业刚参加工作，觉得没有前途，便想着去留学。

“9·11”事件成了一个分水岭。大家都很关心国际大事，议论了好久“9·11”事件。之后又传来不好的消息，德国留学管得严了，以后大家都要到德国驻华大使馆文化处留德人员审核部进行审核认证，只有通过才有资格申请大学。

夜雨十年灯

忽来的夜雨
深秋的清冷
昨夜的风
飘落了樱桃树叶
院落的寂寥
伴他一直在满眼星空的阁楼

让阁楼的夜风吹醒他
冰冷他的指尖
留住冬天的温情和冷暖
远处的森林
一直都这样沉睡着
然他却彻夜无眠

古堡的钟声
在夜晚再一次响起
那是他流逝的岁月
会埋在这溪流里，旷野里
然他的后半生
还在长江彼岸

他在德语班终于学到了 B2。秋天到了，课就要结束了。好多人在审核认证程序正式执行之前就拿到了大学录取通知书，可以直接到大学语言班，复习准备入学考试。他和芳芳母女，还有于东儒，以及一个刚高中毕业的方姓男孩计划一起到千山郊游。千山就在省城旁边，离鞍山市不远。大清早，他们就相约到省城北站。火车站人还是好多。到千山的车还是慢车，绿皮车那种，不过一个小时就到了。他们远远地看到了高耸入云的大山，都很兴奋。他们下了车，坐公交车很快就到千山大门。到窗口问了票价，有点儿贵，附近有人过来说走后山，票能便宜一半。芳芳妈妈觉得这个主意不错。他们跟那个当地人坐公交车到了后山。后山人很少，有一条古道蜿蜒着一直到密林深处。他们也没多想，兴致很高。十月还有些热，但风刮起来，也有些凉意，特别在密林间的山岭小道里，有些阴冷。一路就他们几个人，他很喜欢这种感觉。旁边就是进入山岭的小道，小道逐渐陡峭起来，他看芳芳妈妈走起来有些吃力，就把她们的水都放进他的旅行包里。他们一路嘻嘻闹闹的，不一会儿都走了好几个小时了。到了 12 点，看上去好像到半山腰了，山下的房子都变小了，他们便找了一块空地吃午餐，大家都带了面包、香肠、麻辣小吃。汗水湿透了一半衣服，但是山里的风很凉快，很舒服，有树荫遮蔽。他们吃完，休息了一会儿，很吃力地又花了三个小时才到山顶，一到山顶才发现好热闹。一览众山小，到了山顶可以看到千山的群山，听附近的人群和导游说着每座山和佛教的渊源。一路悬崖峭壁的铁链上还拴着同心锁，系着红布条，人们都说千山是佛山。从山顶下去有一条1000级石阶的山道，幸好他们是下山，这样轻松多了。他们看到好多善男信女都很虔诚地沿着这1000级石阶一步步到山顶。下了阶梯，已经快下午五点了，下面的山路还好长。于东儒点子多，她看到一个小卡车从山上下来，立马拦下。然后他们坐上这个小卡车很快就到山下，卡车司机很和蔼，走的时候还说要他们下次再来玩儿。到这时候他们体力都快耗尽了。出了大门，再回头看后面的千山，不知道是山征服了他们，还是他们征服了山。晚上他们决定住在附近。沿着山下的大道到处是酒店和饭店。他们找到一个还不错的带游泳池的酒店住下，听说还有千山特有的温泉，不过晚上游泳池不开了。于东儒满脸的汗水，运动衫也湿透了，她妈妈平时对她管教得很严，这次能出来郊游也是她求了好多次才成功的。他们很快洗漱完，找了一家饭店品尝山上的田螺。可惜吃起来感觉不是很新鲜，他闹肚子了，晚上还出了一身冷汗，到第二天才好些。还好第二天温泉开了，他们泡了一会就出来了。他的眼睛进了水，有点儿感染，于东儒也是。可能人太多了，水也没及时换，水质不好。芳芳妈妈着急回家，他们便收拾行李搭上回去的列车。看着这片绿山清水，感受远离省城的喧嚣，他还是怀恋这里的后山，可以无忧无虑地躺在一棵大树下睡午觉，感受一下陶渊明笔下的“采菊东篱下，悠然见南山”。

北方的秋天

凉意在流水里
在枫叶上
染红了朝阳
随秋风流淌在小路上
在校园的网球场上
他也不再年轻

昨天的离别
如蒙古滚滚刮来的寒风
刺骨寒透了
一世分分别别
拾起厚重的留言册
重温四年的红尘往事

任风吹干
他的留念和记忆

北方的雨

南方的江水

味道都是苦涩的

这就是他无悔的青春

在德语班快要结束时，他们约德语李老师去彩电塔下面一家很有名的一手店喝啤酒。周正、于东儒、芳芳母女，还有刚高中毕业的小张都来了。他们刚上完上午的课，中午店里人还不是很多。一手店是东北的特色，店里会有各种熏好的猪脚、鸡爪、猪蹄等，外表是淡黄色，油光发亮，特别好吃，店里的特色还有冰镇啤酒。北方喝酒比较彪悍，一个能装四瓶啤酒的大量杯吓了他一大跳。啤酒分雪花和老雪花，一般当地人都喝老雪花，因为劲儿比较大，味道纯正，他们也都入乡随俗了。男生每人点了一大杯扎啤，也点了好多好吃的熏豆皮、猪脚、肘子、鸡翅等。周正一直都很内向，话不多，好像压力很大。好在，周正拿到了哥廷根大学的入学通知书，只要考过语言考试就可以正式开始专业学习了。周正一直很努力，他相信周正一定没问题。于东儒也收到学校的通知书了，但她改计划去澳大利亚留学了，不去德国了。芳芳母女还没拿到通知书，先准备学好德语以后再做打算。一杯四瓶啤酒喝完，他觉得好晕。她们提议去 KTV 唱歌。周正唱《哭砂》非常好听，有点儿伤感，很契合周正的内心。其实，他是可以理解这份压力的。一条路现在变得很窄了，除了努力拼搏别无其他选择。周正平时都住姐姐家，出国也是姐姐资助，加上法律专业在好多大学是限制专业，学出来也非常不容易。芳芳人很单纯，但高中还没有毕业就想去留学，也是前路漫漫，平时还要帮着家里送货养家糊口，出国于她而言成了一种生存手段。他一时感到人生悲凉，还好他是幸运的，马上就要开始他的硕士学习生涯，如果德语学完，他就可以去德国留学，但前途如何，他也有些迷茫，只能一直努力。曲终人散，一个月后，周正登上了飞往德国的飞机，于东儒也去了澳大利亚，芳芳母女和他都去机场送别。他拿出一份准备好的礼物送给她，是当时流行的“石头记”，他特地去太原街买的，真心希望她在大洋彼岸能学业有成，下次回来他们也一起过来接她。看着她离去的背影，他想到何时他也会这样转身离开这片北方的土地。没有了泪水，他把悲伤深深地埋在心里。

后来就他自己去学习德语了。开学不久，他们也开始上专业课了。他还是和谢永权、程少勇、郑祥在一个寝室。他们是一个大的专业，只是毕业课题不一样。研究生寝室和本科一样，只是一间屋只住四个人。隔壁寝室是四个电机系的山东人。刘新华，高个子，有点儿像刘德华，足球踢得很好。

爱在北方的初夏

蒙古的风沙
过了初春的辽河
乱到北方曾经的都城

沙砾的小路
一路满是离别的泪痕
让他爱在风沙的背后

初夏的晚霞
在离去的风沙后面
北方的温柔
第一次翠柳成荫
没有牵她的手
可以走在东北的劳动公园

西风的大炕
还有他的伤痕文学
一朝一夕
都是四十年
流浪到莱茵河的彼岸
可惜还是那个懵懂的少年

林岩和孙善华都比较瘦，黑黑的面颊，透着山东人的淳朴。邢伟比较壮实，个儿不高，山东口音比较重。孙善华足球踢得好，经常和别的系踢球。实验室都在一号教学楼。教学楼是座颇具俄罗斯风格的大楼，楼层不高，只有三层，但入口的大厅很是雄伟，墙壁上还有绚丽的图案。研究生部电气系今年比较特殊，大部分都是本校的学生，人数也有 20 人左右。这个学期，他也基本在图书馆二楼上自习，很多时间都花在德语学习上。他不喜欢学语言，但为了考试，也只有不断坚持，背诵枯燥的单词和语法。他在健身馆认识了一个阿姨，说她侄女高中刚毕业也在学德语，他们倒是可以一起练习一下口语，可以互相学习。这样，学校东门那个小园子成了他和她一起学习德语的地方。她叫郝洋，本来已经考上大学了，但决定去德国留学了，正准备出国的手续。第一次学习在初夏，他们约在下午六点。他出了校门接郝洋。郝洋个头儿不高，一头短发，脸型有点像电影里面高圆圆的圆脸，看上去很羞涩，一双鞋刷得很干净。他简单地问候了她，带她进了校门，在园子里的长椅坐下。刚开始也不知道怎么练习德语，就只有从简单地用德语自我介绍开始了。第一次练习就这样简单结束了，他们约好以后每个星期可以练习一次。郝洋很是安静，谨慎小心，一双大眼睛清澈见底。他觉得郝洋很可爱。晚上，他还是一如既往地去图书馆自习，只是少了过去好多的同桌。葛力俊已经答辩完回到天津的公司，邹积浩也通过了浙大的博士入学考试，马上要过去报到。在寝室里，就在邹积浩离别的前夜，出了一点儿小插曲。王老师不同意邹积浩马上离校，原因是课题项目还没完全交接，弄得邹积浩委屈得哭了。可能大师姐王晓明和大师兄曹云东那边和邹积浩还没有完全交接，加上平时邹积浩课题做得比较深入，性格又不是那么圆滑，和这两个前辈相处得不是很和睦。还好，王老师马上安排了交接事项，第二天，邹积浩就登上去杭州的火车。他来不及去站台送。他和邹积浩本来约好一起去德国留学的，邹积浩倒是去浙大了，现在只有他一个人坚持这个梦想。邹积浩知道他不会轻易放弃，或许这就是他大学四年里唯一学到的，如果决定了一条路，就一直走下去，永不回头。他不知道和邹积浩这一别，何年何月才能见面。他和葛力俊、欧继生等同学就这样告别了，看着图书馆里陌生的面孔，他一时感到莫名的忧伤。王璐一直在学校复习考研，她和她男朋友一起与外语系的同学在隔壁房间上自习。他好久没见到王璐了，还是去年暑假一起去参加政治考研辅导班见过。他也希望王璐早日考上。

之前常去的萍聚饭馆的王阿姨忽然回来了。她本来去杭州一段时间了，后来栾妹妹考完初中，不知道上高中还是去其他学校。叔叔一时间也没主意，急得团团转，王阿姨只能放弃杭州那边的事儿又回来了。以前他隔几周就会去吃王阿姨做的虎皮青椒，里面带肉馅的那种，还有红烧偏口鱼。四年了，寝室的同学都认识王阿姨，也都去过她的萍聚饭店吃过饭。他们都说少寒认了一个好干妈。他把这份感激也珍藏在心里，他大学入校时才六年级的栾妹妹，现在都长大了，长成了一个亭亭玉立的美少女。后来，栾妹妹还是去了一所学医的专科学校。他有时候周末就会去王阿姨家，和叔叔喝点儿啤酒。他喜欢和叔叔说话，叔叔上山下乡去了西风县，便和王阿姨认识了，后来一起回了省城。他也理解王阿姨的要强，她一定要在省城立足下来。后来阿姨开了饭店，真的好辛苦。叔叔在学校工厂上班，电气和机械都很擅长，他也喜欢和叔叔讨论技术问题。王阿姨说以后带他去西风县东北的农村，那是她出生的地方。他兴奋了好久，但一直也没去成，他倒是憧憬着东北的大炕和玉米贴饼，希望有一天能成行。旁边就是劳动公园，初秋的风还有点凉，晚霞已经落下，蒙古那边刮来的风沙在上个月就已过去了，现在就只有还算安静的秋风。劳动公园不大，但里面的小河边垂柳成荫，他和王阿姨、栾妹妹吃完晚饭一起享受这片树林的寂静。栾妹妹跳跃着跑着。不知道最近她学习怎样，王阿姨为了她的学习不知道操了多少心。他要是可以教她就好了，附近好几个 31 中的学生都被他教得很好，短时间内可以从全校 200 多名提升到 50 名以内了。可惜，阿姨也没提他教她学习的事儿。很快天黑了，附近的夜市也开了。他和她们逛了一路，经过一个路边小摊，小摊的老太太随口说了一句，这个妈妈好幸福，一对儿女好漂亮。他也隐约感觉到阿姨的期待，但他还是那个懵懂的少年，前途茫茫，一切都由着这场秋风的缘分吧。可能这如同陷进一本小说里面般忘我，他太珍惜王阿姨和栾妹妹给他的。如果他要远去德国求学，一切苦难就他一人承担吧。那个离别的晚上，他永生难忘，就在四楼的门口，他跟栾妹妹说他要回学校了，栾妹妹第一次很温柔地告诉他熟悉的留给奶奶的房间被褥已经准备好了，看着她深邃的眼神，眼神中的平静和坚毅，让他震撼。可能以前，他忽略了她的成长历程。一个六年级的漂亮小女孩长大了。但他还没有长大，他还是离开了，懵懂地走在空荡的大街上。他其实是痛苦的，在他转身那一刻，能感觉到栾妹妹的失落和失望，他好想过去给栾妹妹一个拥抱。这可能就是缘分，分分离离，或许擦肩而过才是最美好的。

申中的梧桐

浥水河没有冬天
初冬的风
凉不透两岸的芦苇
一水的涟漪
还是那么婆娑
看远空的晚霞

一夜落尽
梧桐叶
没看到落叶的飞舞
因为感觉不到它的悲伤
抓住一片半空的黄叶
那是一九九零年青春的彷徨

迈出了申镇的小桥
炊烟飘在下一个村落
落到鹅支河的对岸
背着十二斤大米
明天
又开始他的青春

研究生第一年暑假他没有回老家，校门口对面回民饭店老板说有个朋友想找他做家教，他想着一天就两个小时就答应了。回民饭店不大，是个夫妻店，厨师就是老板老婆，做的孜然羊肉特别好吃。本来以前还有个打杂的新疆大姐，后来不知道什么原因走了。还有他也爱吃老板做的酸菜炒粉，特别下饭。他的第一个家教就是饭店老房子上面二楼的一家找的，房子很老，门口生火的炉子还冒着浓烟，一条走廊住了好多家，每家有一个卧室和一个小厨房。这家女孩儿要学英语，她爸爸也在旁边听。家里的家具也很旧，女孩儿个儿不高，很腼腆，学习不是特别好。家里条件也不好，女孩儿爸爸是下岗工人，但为了女儿的成长，也希望女儿能考上大学，所以花钱请家教。女孩儿话不多，偶尔在她爸爸走后，学习累了，听会儿周杰伦的歌。可惜，女孩儿不是特别爱学习。他教了几次，女孩儿便放弃了。后来女孩儿爸爸又介绍一个工友的小孩儿给他，那家离学校也就三个路口，也在一个职工大楼里。这个男孩儿因为痔疮不能上学，只能待在家里自己学习，后来没办法就请了家教。男孩儿爸妈都是工人，爸爸是厂里司机，妈妈在工厂干杂活儿，家里没有什么新家具。男孩儿妈妈每次都会煮一个大梨，然后小心地把水倒出来给他们喝。因为手术做错了，导致痔疮更严重了，男孩儿要在家待一个学期。本来要去告医院，但男孩儿妈妈觉得哪有穷人打得赢的官司，就这样不了了之了。他从头把一个学期的数学、化学、物理系统地给男孩儿补习了一遍。学习方法很重要，这样可以事半功倍。男孩儿也还努力，挺乐观的。男孩儿可能理解父母这份辛苦，说虽然他妈妈不到 50 千克，但特别有力气，在工厂比男的干得还多，特别大的铁锭，他妈妈都能搬得动。他听了好感动，也好欣慰，男孩儿能理解父母的不易。在他细心系统地教导下，男孩儿居然期末考试考到班上前五名。男孩儿班主任都觉得惊讶，说考工大应该没问题了。后来，男孩儿表姐也跟他一起学了，他同时教两个人，这样男孩儿可以省点学费。女孩儿家就在铁百旁边的大楼，她爸爸、爷爷都是中科院的，家境很好。女孩儿长得胖乎乎的，马上高三了，准备毕业就去澳大利亚了，也弹得一手好钢琴。每次他们三人学完，他就要她弹那首他特别爱的名曲。感觉女孩儿的指尖里飞出了淡淡的风，吹出了难以直接抒发的情怀。女孩儿妈妈基本全职在家，每次都会做好卤牛肉给他们吃。女孩儿很聪明，不到两个月，居然在 31 中从全校前 100 名进步到 50 名了，完全可以考一个重点大学了。他想到以前为了找到家教，在铁百门前站了好久，看来还是要靠朋友介绍才行。后来家教一直都没断，直到年底，他要考德语，便结束了这段家教经历。

北方的夏夜

风里吹来辽河的凉意
第一次牵女孩的手
温暖便忘了过去的自卑
知己难觅
红颜知己更难舍

深夜的长椅
习惯了久久地坐下去
但今晚的夜幕
怎么那么苦涩
让他忘了
早春内蒙的黄沙

再回首
离别划伤了他的内心
如去年离别的悉尼
电台里是寂静的校园
青青草坪
赤子之心

他一直在图书馆复习德语，旁边同座的女孩儿是自考法律的，每天都过来学习，很用功。女孩儿个头儿很高，皮肤白皙，微胖的脸上有稍许羞涩和傲慢，大家都叫她小雪。旁边机械系一个女生也坐在一起，一来二往她们就熟悉了。她叫小刘，个头儿不高，皮肤微黑，老家是盘锦的，很老实，话也不多。他和她们之间话不多。他现在一心仔细学习着德语，他没有语言天分，只能每天不厌其烦地背单词，枯燥的单词重复得多了也就记得多了。他是属于那种定好了一个目标，就能马上去执行的，可能要花好多年，但习惯了就好了，一如那个高中时代的他。他太渺小，也根本没有太多选择的机会，只有一条路。只要有一点希望，他就会坚持走下去。所以他看到好多同学都找了女朋友，并没有羡慕。他还是坚持听陶松主持的电台节目，听听里面风花雪月感动的故事，只管把一份美好的希望种下去，即使不开花结果也无所谓。时间一长，他和小雪、小刘也熟悉了。小刘也大四了，也准备留学去比利时，听说考过英语六级就可以。小雪话也变得多了，说她小时候的一些滑稽事儿。随着暑假马上过去，学习上也迎来一个新的开始，他便和她们去铁西广场聚餐吃饭，旁边有家东来顺的肘子很好吃。不过不巧的是，吃完饭，他们一起被小雪父母看到了。小雪的父母以为他是小雪的男朋友，极力反对，后来才发现这是一个误会。搞得他很尴尬，这次事件导致小雪从此再也没来上过自习。后来听小刘说小雪去了别的教学楼自习，弄得他还伤心了好一阵。小刘没走，但也感觉有些别扭。还好大家忙着复习，这事儿慢慢也就淡忘了。暑假马上就结束了，于东儒也第一次从澳大利亚回来了。平时他们只能通过电子邮件联系，听她说语言马上也学完了，考试也通过了，下学期就可以上大一了。她说平时她也去饭店打工，说最怕饭店的盘子，好烫。也是，像她那种在家里倍受呵护的女孩能走出这一步就很不错了。他感激她还记得他，约好回来后就来学校看他。她妈妈开车送她来的，两人在校园里溜达，说着悉尼的事情，说日子过得很单调，每天就是学习、打工，偶尔也会和同学聚一下。她还是想沈阳的家，在家多好。校园的傍晚，在电气大楼的林荫小道上，晚风不再那么闷热，他不知哪来的勇气，居然牵起她的手，她也没反对，就这样一直走下去。她妈妈来了电话，她马上要走了。他看着她眼角里的期望，还是和去年离开时一样。他还来不及请她吃晚饭，她就走了，说后天就回悉尼了。看着她上了她妈妈的车，他在公园的长椅上一直坐到深夜。他了解她，她不是容貌特别出众的那种女孩，但特别聪明，和他一样单纯，所以不用说很多话，彼此就能了解想法。可是，他们注定相隔太远，他要去德国，她却在悉尼，注定是两个方向。他的肩头还承担不起追随她而去的勇气。他在大学重新建立了自信，但现实又让他很难有勇气放手一搏。知己难觅，红颜知己更难舍。留下他一个人在校园里，闻到了晚霞里的酒气，一醉到天明。

研究生一年很快就过去了，他申请了去北京德国大使馆留德人员审核认证的考试。他好不容易请了假，坐火车到北京亮马大厦报到。面试官看了他最近发表的一篇国际论文，本来是英语写的，让他用德语解释一下，一下子难到他了。面试官后来很不满意，没给他通过，他只能回学校再准备下一次了。

冬雪的郊外

北方的白桦林
也挡不住寒风的凛冽
旷野的脚步
和野草一起冰冻
只有他一颗热烈的心

可以看到晚霞的灿烂

冰路上的
是他蹒跚的身影
旷野的孤独
就在路的尽头
直到他敲开
那一扇门

平凡的爱
冬去春来
北方的冻土里
藏不住一冬的热情
下一个雨季
还是北方的郊外

王璐第二次考研结果终于下来了，她高数不好，这次可惜就差一分，只能调剂到兰州大学。从此，他们再也没见过她，兰州太远了，在遥远的西部。程少勇也谈恋爱了，女生是一个老师介绍的，好像是沈阳大学一个教授的女儿。女孩儿到他们寝室来过几次，也算大方得体，个头儿中等，有点儿香港歌手莫文蔚的味道，话也不多。程少勇周末经常去他女朋友家。赵露泽第二年也考上他们专业的研究生，正好也在一个教研组。赵露泽也鼓励他，说可以帮他介绍一个女朋友。正好赵露泽同寝室有个叫赵谭的同学刚好毕业，看起来还算合适，可以试一下。后来了解到，赵谭也是他们学校低一届的，本来大学也有男朋友的，后来她男朋友毕业去了南方，就这样就分开了。他和赵谭第一次见面，感觉好像在哪儿见过。见面了，他也没有特殊的感觉，像是在完成一个任务。赵谭很活泼，也很阳光。后面，赵谭也到他实验室来过一次。实验室在电气二楼，屋子很大，同一个导师的师兄、师妹都在里面办公。赵谭工作的地方在很远的郊区，平时都住在公司宿舍，只有周末才回她太原街的家。他和赵谭出了实验室，走到校园的小道上，她说着她家里的事情，比如她奶奶、爷爷小时候特别爱她，不过她奶奶已经病倒在家里好几年了，平时都是她和其他姑姑、叔叔轮流夜里照顾，大家都很辛苦。他也觉得她很孝顺，忽然对她多了些好感。他请她到西门旁边的校园餐厅吃了晚饭。她今天晚上又要去她奶奶家，今晚该她当班。

读研究生后，他在学校外租了一个房间，房东是一对老人。厨房可以和房东共用，这样他可以自己做饭吃，一个月花费和在学校住差不多。老人对他也很好，平时他忙的话，老奶奶也会帮他把饭做好。房间里有一个乒乓球台，老奶奶身体还很硬朗，经常和他一起打。老爷爷身体不是特别好，坚持吃药。听老奶奶说她爸爸在新中国成立后是军官，不过很早就去世了，还让他看了她爸爸的照片，很英俊。他好久没有去王阿姨家了，不知道她和叔叔可还好，现在阿姨关了饭店，一直在家。他想等哪天有空，他再过去看看。

好几周没联系赵谭了，他想着到她公司去看看。他计划好了路线，就出发了。北方的冬天格外冷，风也很刺骨，特别郊外，更为明显。他走一会儿就感到旷野的荒凉，一望无际的原野，只有一条小路延伸到远方。他沿小路转了一个弯，才看到原野里单独的一个大院，只有几栋楼房，周围没有什么村落，再过去就是一片工业区，路上也没看到什么人。他跟门卫报了名字，很快赵谭下来接他。晚上，他们一起吃了个简易火锅。晚上，男寝室有个同事回家，有空出来的床位，正好他可以住一晚。他躺在床上，觉得周围出奇安静，只隐约听到郊外的风，他不知道，雪里是否还有没归家的人，否则在这个冰冻的郊外该冻坏了。他觉得，既然他和赵谭已经开始交往了，自己就要努力去了解她，努力让她认识他。一大早，他醒得很早，在食堂吃完早餐就匆匆回校了。他上了车，看着赵谭站台上的身影。

今年大学毕业季，工作机会也好多，他记得前几个月，德国宝马公司就在沈阳建了厂，招了好多人。现在国家彻底和世界接轨了，和好多外企合作，引进先进技术。特别是这个工业老城，也彻底变了样，好多老的国有大企业要不就改制转为民营，要不就彻底破产，大部分也搬到郊外工业区。城里也彻底变样了，没几年的工夫，各种楼盘如雨后春笋般建立起来，学校也计划搬到郊外更大的新校区，老校区也在不久后要彻底腾退了。元旦时，大部分学生都会去逛太原街步行街，很多店铺都会准备与节日相关的活动，步行街人山人海，灯火通明。远方是宁静的，只是这里是嘈杂的，他们感觉不到。天很冷，赵谭穿着厚厚的羽绒服，在大雪里显得特别突出，他也穿得特别厚。前几天，他的留德人员审核考试通过了。之前，他还专门又跑去了北京一趟，这次就规范多了，直接笔试，然后按笔试题口试。考完出来，他正好经过教育部留学指导中心，咨询到德国承认中国硕士学历的，如果毕业可以直接申请博士学位。从北京回来，他也开始准备公证材料，同时申请导师的博士生位置，希望早点儿拿到通知书。前段时间为了准备留德人员审核考试、英语六级考试，压力很大，还好德语和英语都考过了，虽然分数不高，但总算告一段落。今天他看着满街的灯火，和他的心情一样灿烂。他请赵谭吃了麦当劳，店里人不少，花了好长时间。她家就在旁边，说今天跟她妈妈请假了，去她奶奶家。过了晚上 12 点，新的一年就开始了，他们就这样懵懂地进入了这段恋情。他第一次正式谈恋爱，倒没有那种小说里一见钟情的兴奋，只是觉得也是一种责任，两个人在一起很舒服就好了。他也觉得就像他和金友那样也好，到最后就感觉金友成了他的小妹妹。他也有过一见钟情的邂逅，记得大二时在阶梯教室上选修大课，看了一眼那个女孩儿后就心跳加速，没忍住写了一首情诗在第二次上课的路口勇敢地给了那个女孩儿，但是没有了下文，这事儿也就忘了。后来才知道，同系的一个男生成了那个女孩儿的男朋友，只是毕业后就分手了。同学告诉他那个女生还记得他，他才想起还有这段往事。他和赵谭在学校旁边找了一个宾馆，一个晚上，他静静地躺在她身边，第一次这么窘迫，她也静静躺着，两个人没有说很多话。他可以感受到她的气息，他的第一次就这样过去了。第二天一早，他送赵谭上班车后，就飞快赶回学校，好像做错事的小孩儿，也忘了困倦，一整天脑袋里都装不下别的东西。他还想着，下次他一定要勇敢些。周末，赵谭带他去她家，她的姥姥和姥爷家在铁路局的老平房，就在太原街后身。一家人都对他非常好。以后，他也习惯了周末去看赵谭姥姥、姥爷，坐在温暖小屋里，听姥爷讲过去的事。那时这些平房还在，一直没拆，墙很厚，很保暖，屋里的地板擦得很整洁。姥爷老了，走路也不方便，每次都是阿姨慢慢地把被褥整理好，把枕头慢慢抚平，扶姥爷上床睡觉。姥姥身体稍微硬朗一些。然后关了灯，他们再回家，赵谭说她们每天都这样。

德语班他好久没去了，偶尔他会给李老师打电话。听说上次有个学德语的女孩说喜欢李老师，但后来那个女孩儿匆匆去德国了，从此李老师好像就一直生活在误解里，总觉得自己虽然长相平平，已近中年，但还是魅力无穷。其实，他也见过那个女孩儿，感觉她太过轻佻，和好多男生都搞暧昧。但这种误解对李老师影响太深，好几次，好几个女同学议论李老师有意向她们示爱，弄得满城风雨。后来他也知道芳芳母女终于拿到录取通知书，可以直接到德国大学读语言班，过了德国大学语言入学考试就可以直接入学了。他真替她们高兴，后来在她们出发前还聚了一次。

最近，同寝室的郑祥也和一个学校老师的女儿好上了，女生是辅导员齐艳丽介绍的。程少勇和师大那个女朋友分手了，那个女孩儿很伤心，一狠心就去澳洲留学了。程少勇年底和机械系的班花赵蕊好上了。赵蕊很瘦，但身材高挑，开朗活泼，程少勇特别喜欢，俩人一天形影不离的。程少勇和赵蕊也计划一起考西安交大的博士，现在也开始准备考试的资料了。时间过得很快，还有半年他们也都要毕业了。他也一直坚持去健身俱乐部，体重也一直保持 65 千克左右，比六年前重了 15 千克，还长高了四厘米。他也成了半个东北人，也能说一口不太地道的东北话。他已经喜欢上这里了。

公安的雪

雪还在半空
就湿透在江边码头的雾里
静静飘落在他的杨柳小道上
融化落在他的掌心
这个清晨
还能看到油江河的涟漪

淹水河的冬天
快要流到了尽头
细流的浅滩留恋他的过去
申镇的雪花格外特别
除了寒透了他的乡愁
还有他的样板戏

一夜雪花四十年
今夜梦回河堤外
没有长亭
只有许老师的身影
飘落的校园梧桐叶
在空中和雪花相遇

他觉得爱一个人就是融入她的生活，也得让她了解他的生活。所以，他也想带赵谭去德国，同时已经计划她开始学德语的事情了。春节回来，马上他要准备毕业答辩课题了。还好，他做的是软件，结果可以做得很好。

离别的东北

北方的车站
离别是北风的延续
还是两个背包与铁轨
和一九九七年的一样
来去如风
这次带走大漠的沧桑

一夜沉浮八年夜雨
一个人的校园

容不下一个
农家男孩的美梦
为了等待明天的清晨
他还要厮守黑夜下一个八年

流星在午夜划过
一个生命远去
四个生命便可以生存
他就是那一个
在北方放风筝的男孩
又回到村里他的一亩三分地

他就要毕业了。他看过一本书，有一句话说得特别好，他很喜欢，“每个人都是井底之蛙，只是每个人的井口不一样”。现在，他可以看到更广阔的世界了，但看得多了，他的痛苦也更多了，责任更大了。他为了去德国准备了三年，毕业了，他可以真正为这个目标努力了。

毕业课题答辩，大家都是有惊无险，没听说谁有大问题。最近，大家忙着办毕业手续、拍毕业照、毕业聚餐。他也没有时间安静地在校园里看书。毕业聚餐，好多同学都喝多了，他也是。自从来到北方，他从一瓶的酒量变成了五瓶，而且还可以喝本地的老雪花。程少勇和赵蕊如愿去了西安交大读博士，老大谢永权也去了珠海美的空调做研发，刘新华也到上海读博士，还有小师妹李培培如愿去了大连和她的男朋友会合，郑祥也和他的女朋友去了大连一所大学做教授。大家都有了好的归宿，只有他如浮萍般，还在等德国大学的通知书。他并没有本科毕业时候那么伤感，至少他觉得不久后他们还会再聚。最近房地产开始发展起来，赵谭表哥的钢材公司业务非常不错，老大谢永权离开的那天，他特地让他表哥开车一起送谢永权到车站。看着谢永权的背影慢慢消失在他们熟悉的东北第一站，北风刮伤了他的内心，他感到眼角的泪水流下了。北风吹干了泪水，他感觉北方给了他们第二次生命，眼睛湿了，又干了。北方的豪放，还有湖南湖北的灵气，都融化在他们在北方的七年里，从此，他们才真正成人，成为男人，可以坦荡地踏入江湖了。但他觉得他还远远不够，他才刚刚开始他的人生。他太弱小，如江南的浮萍，只能随遇而安，至少现在，他还是一无所有。一周后，大家都走了，就留下他一个人在校园里。他也马上要去北京了，去北京理工大学学德语，然后考德国大学语言入学考试，做最后的冲刺，努力赶上九月的德国入学。

京城的枫叶

第一次走进京城

确实从没见过紫禁城

只看到理工门外神秘的北外

路过公主坟地铁站

公主坟不是坟地
却是他希望升起的地方

理工的操场有太多浪漫
但他只爱他的地下室
京城的烈日
和他的地下室只隔一层三米厚的石门
每天他都在数滴落的露水
里面有他的德国

后面是爱与念
前面是学海无涯
梦里还有老家的一亩三分地
终于明白在学院路的尽头
他只是偶尔捡起了
一片北京城红透的枫叶

毕业一周后，他收拾好行装出发了。这次出发他已经 26 岁了，感觉和进入校园时 19 岁差不多，还是只有两个包裹。

这次他还多了两个学位。校园的温暖和无私还没培养他足够的生存能力，他还是那么懦弱，和在高中时一样，所以他要重新再来，再花十年的时间也值得。赵谭和她妈妈送他到站台，他觉得很幸福。这趟开往南方的火车，他太熟悉了，8 个小时到北京，然后 11 个小时到武汉，再然后他就到了他的老家。不过这次他只要 8 个小时就到目的地，又是一个陌生的世界。他已经计划好了，但是到了北京站，他才觉得有点儿局促。不管怎样，他要先到北京理工大学报到。车站到北京理工大学很远，经过一个叫公主坟的地铁站，他在站台上看到大学离得还远。

北方的余雪快化没了，只有在街头两边堆起一小撮。黑色的灰尘混进雪堆里，到处显得脏兮兮的。风没那么刺骨，甚至在中午能感受到点儿春天的味道。北京理工大学德语系是和德国一所大学共同创办的，可以直接考德国大学语言入学考试，这也是他报名的原因。他直接从 B1 开始，然后 B2、C1，最后就可以考语言考试了，基本到八月中旬可以结束，总共需要四个月时间。他进了学校大门，里面挺大的，有各个系的大楼，还有篮球场、足球场、食堂、图书馆。他好不容易问到德语系，巧的是碰到了系主任张书梁。张书梁大概 50 多岁，人看起来很和蔼，马上热情地给他安排了班级。他告别张老师，去找住的地方。他只能盲目地往地铁方向走去。过了学院路的一个路口，他就看到路边一个广告，一问才知道是一处地下室可以出租，里面有 50 多个空单间，是防空洞改的，在地下 10 多米，不过房间还挺便宜，才 200 多一个月。他觉得也可以，先住下再说。他交了定金，就随接待他的大姐下了地下室，里面很凉，通风的风机好像把风都吹起来了，感觉全身凉飕飕的、湿漉漉的。墙上的水滴慢慢凝结，慢慢滴到地上。终于到了他的房间，旁边是好多这样的房间，幸好旁边都有人住，要不他还是有点儿害怕。走廊的灯 24 小时都亮着，热水是电烧的，单独在一个房间，旁边也有洗漱池，不过他没看到洗澡的地方，一问才知道就在同一处，关上门可以自己冲一下。不管怎么样，他安顿了下来。房间里就有一个铁床，还有一个小柜子。他放下背包，把被褥铺好，一个人静静地躺着，一天奔波下来，他感觉好累。他想着把消息告诉赵谭，然后就出去找点儿吃的。

北京的夏天

关外的风刮不进
夏天的京城
望不到天空的高楼大厦
只有校园里的槐柳树下
才有一颗清凉的心
汗水和泪水慢慢滴落草坪

一直难忘地下室
死去的一个灵魂
临死前半夜的撕叫
还是唤不醒他的怯弱
走到地面的那个清晨
他带着那个灵魂重新出发

夏夜的京城

有安静的学院路
今夜的脚步还是那么蹒跚
夜灯里还是要选一条最长的路
迈进十五米深的地下室
感受凉意与安详

第一周，一切都进入正轨，班上有 20 来人，大家来自全国各地，都是大学刚毕业的，像他这种研究生毕业的很少。后来还来一个 IBM 公司的女生，岁数不小了，听说工资很高，大家都好羡慕，毕竟那时在北京的平均工资也就 3000 元左右。北京的房子那时也不贵，三环以内也就每平方米 5000 元左右，但买的人还是很少。听说谭贵华清华大学研究生毕业后就在附近买了房子，但他一直也联系不上谭贵华。之后的每一天，他都是两点一线，早上出发上课，晚上回他的地下室睡觉。每天都有两个小时外教课，老师来自德国东部，很腼腆，把课件安排得很好，很有耐心。其他课都是学校德语系老师上课，比如德语语法、写作。北理的食堂人很多，他好不容易才办上就餐卡。食堂大多北方菜系，他吃得还算习惯。稍微再好吃一点就是在旁边一个食堂，里面有盖浇饭，六元一份，现炒的菜放在一盘饭里，味道很好，但是要排很长的队。

很快他就和班里所有人认识了。其他人都是从初级就在这里学习的，像他这样半路插班的就两个人。他和其他老师也都熟悉了。每天课程安排得很紧，只有晚自习前一个小时的空闲时间，他可以在校园里溜达一下。晚上他会回到他的地下室。他慢慢也喜欢上了地下室，至少安静且凉快。不过，两个月后就完全不一样了，地下室一下子变得好热闹，他一打听才知道，一个川菜饭店老板包了好多房间给饭店职工，地下室一下子变得好热闹。后来，楼里居民抱怨太吵，那些饭店的职工都给退租了。他还纳闷声音怎么能传上去呢，后来发现每间房间窗户都有透气孔到外面。一时间，地下室人又少了好多，又安静了下来。旁边的租客好像都是年轻人，他们平时交流很少，偶尔在水房碰到打一声招呼。他周末没有课，但大家都在努力复习，他也没放松。他主要问题是发音不好，方言口音太重，一直改不了。但他希望再努力一些，可以写作好一些，词汇多背一些。偶尔他也会和班里男同学去学校门口一家新疆烧烤店吃点儿烤串，喝点儿燕京啤酒。北京的夏天太热了，都要到 40 摄氏度了，而且晚上也特别热，每每这时，他开始无比想念他的东北了。好在晚上地下室还算凉快，他也可以好好睡一觉。

再别银锭桥

后海的冰
还是那么薄
桥下孤船未动
冬天的杨柳
害怕后海的灯红酒绿

银锭桥却是石头桥

后海不是海
只有围城的湖
灰墙和胡同
他可以守候到清晨
安静的银锭桥下
只有他的倒影

梦想走不出紫禁城
但可以从桥头开始
一声黄包车的铃声
一直到恭王府
百年的车轮
再别一场梦

后来他才知道他认识的几个教授都是柏林工大毕业的，在车辆技术上造诣很深，但他也没机会听他们的课。他也早已习惯校园的生活，从早上到晚自习时间都安排得满满的，让他能暂时忘了外面的世界。大家压力都很大，都感觉前途迷茫。平时班里同学在一起时间也不多，大家都来自不同地方，不过有几个倒是一直在一起，大连的王小颖、重庆的陈喜和几个河北的男生经常一起。他们好多都报了德国斯图加特大学。他最近和南京大学毕业的一个内蒙古的男生经常一起吃午饭。

到快要放暑假前的一个晚上，他忽然接到电话，才知道老家五姨因为意外去世了，这对他的打击很大。他记得五姨在他高一的时候从深圳回来和她男朋友一起在老家打拼，后来终于在五九路有了一席之地，如今却忽然发生了意外。他其实最担心姥姥、姥爷，怕他们受不住。还有他的小妹妹，如果没有妈妈的呵护，她的人生不知道会变得怎样。他因为补习没有回去，但好几个晚上，他都闪现过去的点点滴滴。五姨是70后，随改革开放到沿海城市打工，后来第一批回老家发展，见证了一个时代的变迁。

篮球场边上有一个舞蹈班，每周末晚上会举行舞会。他路过几次，基本上一个音响，一个老师，大家就可以翩翩起舞了。但他并没有以往的激情，或许他太累了，一个人回到他的地下室。德语课期间，他出了一趟校园，看望一下毕业在北京工作的同学。同学大多在北京高压电集团工作。男女同学都住在集体宿舍，寇丽芳接待了他，不巧那天其他同学都不在。他看到李延达的床铺是空的，墙上写着“我爱你”几个大字。他一问才知道，李延达和女朋友李鑫分手了。李延达和李鑫的感情已经很多年了，他不解，怎么忽然分手了呢。后来才知道，原来李鑫在北京的阿姨不同意这门婚事，给李鑫又找了一个有北京户口、有房子的男朋友。这可能就是现实吧，在京城要生存下去，势必要失去很多，当然也可能获得很多。还好寇丽芳很幸福，有一个体贴她的男朋友。王程和周虹也要结婚了，他也替他们高兴。那天他看着墙上的那几个字，觉得现实和理想的距离永远还是那么大。回校园的路上，林俊杰的歌在一家理发店唱着，深深地唱在他们这些北漂人的心里。

时间好快，他们都到了德语 C1 班。几周后，和北理工合办的德国大学要过来主持语言考试，他们如果考过，就可以直接到德国那边的大学读书了。大部分都拿到了大学通知书，他也拿到斯图加特大学电气专业通知书。同时他也申请了一些德国教授，看是否有博士的位置。考试来得很快，他们和往常一样考试，然后等结果。

寂寞的码头

江堤柳槐又一冬
寒路尽头水已落
一江春水湿码头
灯塔夜半无眠人

虞美人

京城春梦一夜醒，石门两重天。夜雨一宿又东风，今朝花落横泪游子衣。

梦里又闻鸡起舞，一剑断天下。西山何时枫叶红，一叶飘落从此伴天涯。

考完了，他找了一家学校旁边的理发店理发，理完发，他觉得稍微凉快了一些，正好旁边有一个兰州拉面馆，他就去吃了一碗拉面。最简单的拉面也要 15 元一碗，说是有肉，其实就只有两片牛肉，而且还特别薄。他还是想回到凉爽的地下室，要不外面的热浪可以吞噬整个街道。街道上人也特别少，还好他的内蒙古的同学也回来了，跟他说周末去见了天津的网友，他们都联系好多年了，这次终于见面了。他同学觉得好后悔，现实和虚拟世界差别太大，最后，他同学陪那个女生吃过晚饭就匆匆赶回来了。后来旁边屋也住进来一个湖北老乡，刚大学毕业，为了陪在北理工大学读研的女朋友，在北京找了份工作，大家叫他小刚。小刚个头儿不小，人很和蔼，他们也经常说说话。

德语考试终于结束了，考了语法、阅读、写作、听力、口语五个部分。可惜他口语没过，后来德国过来的老师也鼓励他，说到德国再联系他。不过他后来打听才知道，没过的就他们几个中间过来插班的，他伤心了好几天。他只能再去德国参加语言考试了，这样要耽误很多时间。记得那天深夜，他梦里惊醒了多次。梦里都是一条小船在一条好长的河里，一直没有尽头地随着水漂下去，感觉前面就是一个瀑布的深渊，随时都要坠落，然后醒来就是满头的汗水和泪水。他准备了快四年，没想到是这个结果。不管怎样，他也计划月底就回沈阳准备德国签证的事儿了。这几天他也要安排赵谭来这边学语言，他找到北京理工大学里面学生宿舍的一个床铺，这样就不用在外面找地方了。他帮赵谭报了名，她下周也马上开始上第一次课了。没想到第二天，德国达姆施塔特大学 Binder 教授给他来信了，说着急要他马上去德国学习，还附有邀请函。这样他可以不用考德语直接开始跟 Binder 教授学习博士专业课题了。这个消息来得好巧，本来他要去斯图加特大学的，现在可以直接去达姆施塔特大学了。这个大学也特别好，出了好多诺贝尔奖得主，特别是 Binder 教授是德国数一数二的电机专业教授。早上，他麻木地看着京城的朝阳，晚上他又忽然感到了片刻安慰，觉得自己获得重生，感觉这个世界还没有抛弃他。在离开前的最后一晚，他走在北京理工大学的校园里，想再好好看看这熟悉的一草一木，看看高大的图书馆、狭小的门球场地，以及主楼前的草地。

离开炎热的京城前，他拿着教授的邀请函到亮马桥德国大使馆提交签证申请材料。看到教授的签字，使馆人员很快就接受了所有申请。不到两周，他就收到大使馆的签证，看到上面叫达姆施塔特的城市，觉得还是好遥远。离报到还有三周时间，回到沈阳的他决定还是回深圳看一下他爸妈，不知道这一别，何时再见，也要爸爸把在湖北的爷爷接到深圳。爷爷快 80 岁了，也希望见他一面。到德国的必备用品，夏阿姨也帮忙一起准备得差不多了，装满了一个行李箱。

这是他第一次到深圳。

火车终点站就到广州，还没有直达深圳的火车。一路快 30 个小时，他和赵谭都好累，不过他还是担心，听说广州站很复杂，小偷特别多，第一次到广州站还真是一个挑战。还好，下车发现没有听说的那么乱。他和赵谭直接随人流去旁边的开往深圳的汽车站坐车，行程不到两小时，爸妈早在车站等了。一路到家，他看到深圳的街道和其他城市也差不多。现在，爸妈已经出来和弟弟自己做服装了，开了一个家庭作坊，稍微比跟别人做工自由一些。工厂租的一层楼房，生活、加工都在一起，拥挤但还算和谐。爷爷第二天也来了，大家终于聚在一起了。当天，赵谭说要半天时间单独去见同学，他没一起去，他知道她要去见谁，是她初恋，现在也在深圳工作。他想给她一点儿空间。后面几天，他们带爷爷去了旁边求水山庄，还有世界之窗。深圳一切都是那么新，满街都是年轻人，熙熙攘攘。时间好快，回去还是要坐汽车到广州，爸妈就在车外。他带走了深圳的一片云彩，归来时还有他一颗不变的心。

第七章　达姆施塔特的城堡

飞机从沈阳出发，12 小时就到了法兰克福。

夏阿姨一早开车送他到了机场。他也是第一次坐飞机，还这么长时间，多少有点儿紧张。还好，他的大学同学黄汇中在机场接他，他才稍许轻松一些，但还是感觉犹如一片飘浮的枫叶，在半空中不停地打转，不知何时才落下。

落地法兰克福

落地的飞机没有尘埃
只有一个孤独的男孩
看不透它的森林
秋风里的河流
和他的北方一样
深秋正浓

大学就在森林边上
清晨森林静得可怕
凉意在朝阳里
何时才能慢慢融化
他的不安
失落在十万里的达姆施塔特

大学没有围墙
一座城的大学
熟悉的 LUISENPLATZ 第一车站
是他梦开始的地方
从此打开他
一个悲戚的心

他第一次坐飞机。飞机很大，一排可以坐八个人。飞机飞得很平稳，周围的人都睡了，但他没有睡意。飞机的噪音一直在他周围，他觉得心里空荡荡的，他不知道下一步怎样走下去。听说大学就在法兰克福旁边，到那儿之后，他打算第一时间去找教授，一想这些，内心有些忐忑不安的。十个小时的飞行很快就要结束了，他从窗口望下去，不知道德国会是怎样的，看到下面都是一片片树林，没看到什么大的城市，绿色的原野里偶尔有些许小小的村落。飞机降落后，他很顺利地到了机场出口，黄汇中就在出口等他。他们见了面，看彼此都变化不大，黄汇中还是那么瘦，女朋友何艺飞也是他们大学的，彼此都很熟悉。

法兰克福是大城市，到了火车站能看到很多大楼，和北京差不多。火车站到达姆施塔特大学有 20 千米的路程，黄汇中给他找好了一个学生宿舍，可以合住一周。学生宿舍就在大学城里，提供宿舍的是黄汇中的一个朋友，学建筑的，叫方建华。小城不大，整个大学都分布在小城各个角落里。学生宿舍也不大，有 20 多平方米，里面可以做饭，他就在房间睡睡袋。一切都好陌生。第一个晚上，他就安顿了下来。黄汇中住在一个叫迪堡的小镇里，那儿是另外一个学生宿舍，离这也有 20 多千米。迪堡也有一个校区，大部分学生宿舍都在那边。看着黄汇中离开，他才感到困意袭来。夜晚，他感到一丝丝凉意。德国的秋天和国内北方一样，晚上也是那么凉。在睡袋里，他感觉周围好安静，能听到屋外走廊里的脚步声，还有窗外树叶的沙沙声。慢慢地，他便进入了梦乡。

第二天，可能因为时差的原因，很早他就醒了，方建华还在睡觉，他一看表才六点。他等到八点方建华起来，开始准备早餐，方建华把面包片放到一个小的电烤盒里，按下去，烤好就自动弹出来了，配牛奶一起吃。方建华说这边喝牛奶的很多，也便宜，价格和水差不多，还有超市的肉片也很好吃。早餐后，他走出去才看到这片寝室楼的外貌，都是一大片两层小楼，周围也没看到高楼，每个学生一个单间。他还在想，国内都是好几个人一间。方建华说大学城里寝室不好申请，要排好长的队。难怪黄汇中只能申请到20千米外郊区村里的宿舍。今天是周六，他和教授约好下周一去报到。中午，他和方建华去附近超市采购一周的吃的。出了宿舍小区，大路也不宽，方建华说小城真不大，也就不到20万人，最大的就是这个大学。大学和国内的同济大学是友好学校，所以大部分中国留学生都是同济大学的。公交车来了，没几站就到超市了，公交车票很贵，一次就要好几欧元。超市很大，里面什么都有，价格还好，不是特别贵，一瓶可乐才几毛钱。因为是寄宿在方建华家，他尽量多买一些。不过，超市里面蔬菜、鱼很少，肉倒是很多，而且价格不贵。方建华说这边蔬菜很少，就那么几样，鱼、海鲜也少，最多的是香肠和啤酒。

再读《茶花女》

把悲伤留给自己
你的美丽让你带走
塞纳河的夕阳
刚升起
你的窗帘就早早拉起
后面是他期盼的眼神

二十年的青春
就爱上她的茶花
在清晨的露珠里

是舞蹈的青春
纯净的如
她眼眸的泪水

秋雨秋风
一夜寒雨
就能吹落满树茶花
谁记得花蕾里的尘土
但花香最残酷
可以让他思恋一百年

周末他可以有一天的时间在宿舍周围逛一下。附近的森林，街边的小道，空阔的空地，灰色的天空，一切都静悄悄的。他漂泊的心还在云里，不知道何时可以落地。今天所有店都关门了，方建华在家。方建华有一个正在追求的女孩儿就住在隔壁，听说是上海来的。中午大家在一起吃饭，女孩儿微胖，个头儿中等，很活泼，像小说《围城》里打网球的女主角。他感觉方建华很内向，心想他们也很合适。他还是想起来赵谭，昨天已经告知她平安落地了，不知道她现在在北京德语学得怎样。以后一切都要重新开始，他没敢想很多，只有懵懵懂懂地往前赶。周围没有高楼，道路和乡下老家的石头路一样，湿漉漉的，落叶落下，一直延伸到远方。他还念叨着该怎么和教授见面，该说什么，担心自己德语口语还不是很好，怕交流有问题。他忐忑不安地过了一整天，终于熬到第二天，方建华带他到学校主校区，离宿舍也就五站地，叫 LUISENPLATZ 站，其实也就是小城的市中心了。到了市中心，可以看到好多人、好多店面。达姆施塔特小城整个中心就在他眼前，大学就分布在周围，没有高楼，最高的是旁边一座高耸的教堂，他所就读的电机学院就在旁边的四层小楼里。

迪堡的清晨

迪堡的小站
没有爱恨情仇
梦里又是清晨
墙角只有他的两个背包
小鸟的鸣叫
消失在雾气升起的森林里

秋天的落叶
第一次让他畏惧
一片又一片
铺满通往小站的小路
他要一片片数清
哪一片最无情

开始怀恋

东北的辽河
还有荆州的长江
德国没有大江长河
只有无边的森林
他还是滹水河畔那个少年

教授的秘书接待了他。整个一层楼都属于电机研究所，每个房间好像都是办公室，一个屋大概两个人，装修风格很朴素，和他国内大学差不多。他还是很忐忑不安，甚至好像还在梦里，拿着一封教授的邀请函忽然就来到这里，不知道后面该如何继续。终于他在半个小时后见到了教授，教授德语口音很重，他后来才知道教授是奥地利人，高高的个头儿，脸上的胡子很重，魁梧的身躯几乎挡住了秘书的视线。他紧张得早已说话支支吾吾，也没怎么好好交流。还好第一步，教授让秘书安排了他的报到手续，包括注册、租房、保险等事宜。一周的时间，这些事情在秘书帮助下都安排妥当。医疗保险在德国很重要，大学也有专门的保险公司的办公室，办事效率也很高。最难的是找宿舍，小城里面肯定是没位置了，只能到黄汇中住的叫迪堡的郊外小镇一个宿舍区申请了，申请后一个月就可以入住，250 欧元一个月，比城区便宜不少。注册很快，没几天他就有了学生证，这样他就可以免费坐公交车了。他感觉现在最大的障碍还是德语交流，希望慢慢会好起来，教授也帮他报了学校的免费语言班。秘书后来也安排了他后面的学习。教授主导的电机专业在德国出了名的严格，不管是日本还是印度、中国、法国的学生必须通过教授一年的考核，包括所有专业课的考试，另外还有一个额外硕士课题，大概要一年多时间，然后才能真正开始博士课题，这对他是个巨大的挑战。他国内硕士学的是高压开关专业，虽然后来也上过唐任远老师的电机课，但毕业课题还是以电力系统方向为主。他考虑不了这么多了，还有一年时间，留给他的除了拼搏就是拼搏，他能做的只有全力以赴拼一把。

一周时间过得很快，他不好意思一直在方建华那住，还好黄汇中帮他找了一个可以短期出租的房间，这样他三周后就可以直接搬到自己的宿舍住了。迪堡离大学 20 千米，坐汽车也就 20 分钟，大部分学生也都住在那，那儿也有一个小的专科学校。那是一个小镇，很安静，也是他到的第一个德国小镇。汽车到了墓地那站就到了小镇，再走十分钟就能到专科学校，那里就是一大片小楼，几乎大部分大学学生都住那儿，体育馆、球场、食堂都有。德国墓地和国内完全不一样，就在居民区旁边，按德语翻译就是“和平之地”的意思，里面绿树花草，还有不少人在里面读书，完全没有那种阴森的场景，更像是一个不知名的公园。租给他寝室的原来是一对同济大学的情侣，男的叫小文，高个儿，很斯文，是传统的上海人；女的叫小金，个儿不高，很活泼，但长得很精致，是东北人。他每天看到都是小文做饭，因为小文喜欢玩游戏，但小金规定一次不能超过两个小时。黄汇中和何艺飞住在一个寝室，就在隔壁。大家都共用一个大的厨房。黄汇中已经学了快两年了，专业选的是电力系统。他们经常在一起吃饭。超市就在旁边，他经常借他们的自行车去买菜，基本一周买一次菜，大概要花 30 欧元。他只带了一年多生活费，那还是爸妈多年的积蓄，后面怎么生活还不知道。宿舍楼里住了很多中国人，大家调侃这都快成中国城了。

没有围墙的达姆施塔特大学

湖面是宁静的
没有涟漪
水的倒影里
是德国不一样的蓝天
他一直守候在
秋天的长椅里

等到傍晚的来临
陌生的街道
一个人的孤独
没有回去的路
小镇的车站
悲伤被远处的麦田卷起

没有围墙的校园
数一下到宫殿的台阶

还有十二步
下一个十年寒窗苦读
窗户开着
让他又回到第二次高考

这学期正好有教授电机学两门主要的专业课，专业课没有正式的教科书，只有教授自己的手稿。他到教授的研究所，幸好碰到教授手下还有两个中国的女博士生，她们都是从上海交通大学过来的，也在同一个办公室，刚过来半年。一个叫崔小丽，岁数和他差不多，河南人，短头发，很严肃，话不多。一个叫冯琳，很活泼，已经是上海交通大学的老师了，到德国来读博士，刚结婚，老公还等着她早点儿毕业回上海。一看他是中国人，她们都帮他打印了教授所有的上课手稿，详细的手稿有 1000 多页。听崔小丽和冯琳说，教授是出了名的学术狂，特别严谨，博士毕业后在西门子工作了 15 年，又回来做教授，现在也是德国电机科学院有名的专家，教授的学生都是德国各大企业的精英。他也管不了那么多，拿着一大摞资料，一切只能靠自己重新开始了。崔小丽和冯琳把他介绍给楼下也是上海交通大学来的两个老师：郜能灵和另外一个女老师，只是他俩是电力系统专业。郜能灵是博士后来进修的，个儿不高，也就大他几岁，自己也有一个办公室，在上海交通大学是老师。另外一个女老师是郜能灵的同事，结婚有小孩了。他们中午经常一起去大学食堂吃饭，因为除了他，其他人都有工资，大概 3000 欧元，所以大家对他很照顾，平时聚餐也都会叫他。大学食堂一般也就三到四个菜，平均三欧元，大多是意大利面、沙拉、土豆泥，或者是香肠、土豆条之类的。后来他就不去吃了，自己去超市买现成的香肠，还有面包，这样能节省一些。他慢慢熟悉了大学的情况。大学遍布整个小城，市中心有一个小宫殿，旁边也有一个小公园，平时下了课，他会去长凳上坐一会儿，旁边地上还有一个大的国际象棋，棋子都在地上，也围了一群人。等下一班公交车到了，他才会恋恋不舍地赶去旁边广场的车站。

20 多分钟车程就到迪堡小镇了，他可以看到窗外广阔的原野，他还没见过这边的农民，只看到很大一片麦地，还有卷起的麦堆，不远处就是一片小森林。这个月，他搬到隔壁楼自己的宿舍了，为了感谢方建华，他特意在一个周末请黄汇中、方建华和那个方建华追求的上海女孩儿一起吃羊肉火锅。德国每个小镇都有土耳其肉店，可以买到新鲜的羊肉。他买了一个羊腿和一些午餐肉以及各种蔬菜。晚饭地点选在宿舍公共餐厅，因为只有中国学生喜欢自己做饭，基本都是中国学生在使用。方建华和上海女孩儿都来了，大家都好开心，可惜没有酒，因为黄汇中不喝酒，所以他也没买。吃完晚饭，黄汇中说方建华和上海女孩儿应该好上了。

电机学还是挺难学的，他计划先学好电机一，然后再学电机二。听师姐说电机二的考试上学期 20 几个人一个都没过，这学期都要重新补考，也成了大学里一个流传很久的传奇，导致很多学生都不敢选教授的课，搞得他特别紧张。麦克斯韦公式在电机里面有很多奇怪变换，从直流电机、异步电机、永磁电机到变压器等。特别是电机二里，电机电磁动态分析是国内没有的，都是教授自己的论文改写的，他要一点一滴重新进行验算理解。还好他有教授的手稿，把复杂的理论写得更简单，不像国内好多教材是一个很简单的理论被写得很复杂。一天 12 个小时学习，他并不觉得枯燥，甚至从中咀嚼出一点点音乐的味道，他要背水一战，别无选择，只能走下去。周围寝室楼一半都是中国人，不过几个月大家都认识了，盛华是高中就来德国的，德语特别好，以前也寄宿在德国家庭里面。盛华现在也大一了，参加了一个大学学生击剑青年协会，后来就搬到城里协会小楼的阁楼里。他也经常去拜访盛华，后来才知道，原来这个击剑协会就是德国古老的大学精英学生组织，有自己的古老的大楼，还有自己官方组织，平时也要参加击剑训练。特别是每年每个协会都要抽一人参加击剑比赛，比赛用的是真剑。去年盛华所在的协会参加比赛的是另外一个中国姓金的学机械的博士生，丹东来的，在第一回合，就把对方鼻子弄出血了，后来对方放弃比赛认输了。现在在协会里，中国人成了英雄。他也去练习过几次，感觉和之前认知里的击剑不一样，两个人位置是固定的，带上头盔，要击打到规定位置才为赢，练习也有专门教练。协会也有自己的厨房、自习室，只有阁楼一间房划出来给盛华住宿，不过最多半年。古堡园子里还有一个游泳池，不过他没见他们游过。平时他们在一个古老的大厅一起吃饭，好大的长桌，饭菜从地下厨房通过一个特制的电梯直接传送上来。他看着桌上的烛台，感觉好严肃。

平时周末，他唯一的运动就是踢足球。小崔是朝鲜族人，可以带他去踢足球。小崔很壮，个儿不高，速度很快，来德国很多年了，马上准备写毕业论文了。小崔看上去很老实，不过小崔也开始网恋了，听说深圳有个女孩儿要过来看他，小崔已经给她办好了签证。有好多中国学生都一起做饭吃，他因为时间比较紧张，还是自己做饭，这样可以节省一些时间。迪堡小镇位于法兰克福和达姆施塔特之间，很小，有一个小的火车站。车站旁边也没什么店铺，没有高速快车停站，只有黑森州的慢车会停一下。到法兰克福也就 20 分钟。他们也经常去法兰克福，因为法兰克福有一个大的亚洲超市，里面可以买到国内的调料、大米，特别是阿香婆辣酱。他爱吃辣，阿香婆辣酱成了留学生最好的美味，一瓶两欧元多，也不便宜，所以他们平时都要省着吃。

他安顿下来，就开始上教授的课了。有时候是早上九点的课，他要七点起床，冬天天都没亮。等出了宿舍大楼，看外面有不少人往汽车站赶，大概率都是去上早课的。汽车开到达姆施塔特校区要 20 多分钟，都是同一个时间点发车。他一上车也看到好多中国同学，大家在一个大的阶梯教室上课，从电机一开始。其实上课都是德语，他也不太能听懂，平时都是回去自己看教授的课件，好几次他都想回答教授问题，可还是没有鼓起足够的勇气。中午，他去了郜能灵的办公室，郜能灵没什么事儿，一年博士后就要回上海交通大学了。郜能灵也住迪堡，他们也经常一起聚餐，回去后也经常一起串门、跑步。他的两个师姐都住在城内，她们已经开始博士课题了，不过按要求也一起学习教授电机一的课程。他们平时也都在一起聚餐，虽然他岁数最小，但和他们也差不了几岁。大学里念博士的中国人也有一个朋友圈，后来他和他们也都熟识了。球队也有一个他老乡，已经结了婚，再过两年毕业就回武汉了，博士有工资，所以他老乡也在武汉买了新房。下午不到两点，他就回迪堡了。下了车，他喜欢走过这段到宿舍校区的居民小道，小道附近都是居民的独栋小房子，有一个小花园，远处就是森林、原野，特别安静。旁边也有儿童游玩乐园，他会在草地上的秋千上坐一会儿，放空，看看蓝天，慢慢地把自己荡起来。他不怕吃苦，至少现在有了目标。大部分时间他都是待在自己的单间宿舍里，自学教授的教案。学完电机学厚厚的三本书，考完试，再做完一个毕业课题，他就可以做教授的学生了。好几千个公式，都是围绕麦克斯韦公式来推导的，但在电机这个盒子里，他要慢慢地找到乐趣，后来这也成了他最珍贵科学思想的起源。吃了早饭，他会一直看书到下午，饿得不行了，看旁边寝室好几个中国同学在聚餐，才知道该吃晚饭了。周围宿舍几个中国学生每天都一起做饭吃，一个上海来的大高个儿组织大家一起做饭，他胖胖的，看上去很和蔼。他因为学习忙，就没和他们一起吃，不过偶尔和一个武汉的叫王平的老乡一起吃。王平做的武汉热干面特别好吃，买来这边的花生酱，加上老干妈，把意大利面煮好了一拌，真的很好吃。王平从复旦毕业后就留学了，他个儿很矮，长得瘦小。王平在上海也有女朋友，是江西的，一直在上海打工，就在复旦旁边住。来了半年不到，王平就想他女朋友想得不行，经常和他说女朋友有多好，想着早点儿毕业，马上回上海。最近王平也找了一些零工做，一个小时挣六欧元。感觉每次回来，王平都很累，应该是心累，他也只能安慰王平。

在这边他们互相帮忙理发，因为外面理发店太贵了，至少得十欧元。不过有一次，他给王平理得不好，搞得王平很生气，不过后来，王平也就慢慢消气了。本来，王平也和他们一起吃的，毕竟都是上海来的，后来也分开了。王平比较抠门，或者说是节俭，所以后来就不一起吃了。半年不到，王平坚持不下去了，还是回国了，说回武汉做买卖去了，没有和大家告别。他好伤心，但他还是慢慢地坐在窗前的桌边，旁边就是成堆的资料，他没有退路，再苦的路，他也要走下去。这可能就是青春，只有一次机会在他手里，他一定要好好珍惜。

他的北方

沈河区的彩电塔下
可以喝最烈的啤酒
绿牌酒瓶就在旁边的
小河的倒影里
一醉入辽河
化成北方的风沙

北方的风

可以吹到德国的城堡
梦可以随风飞翔
他的灵魂
不在德国
一直在北方的酒里

烈酒可以忘掉
温柔的江南
还有自己的怯弱
四十年的悲伤
只有在夜晚
干一杯在五十度的酒里

德国的一月还是很冷，和东北的冷一样，从屋子里走出来，冰冷的风能吹到心的尽头，厚厚的羽绒服也好像被冻住了。还好出国前夏阿姨去太原街给他买了一双保暖鞋，脚底才感觉不到寒冷。一箱行李虽然简单，但还算准备充足。一晃快五个月了，他也基本适应了当地的生活，没有出国前想得那么多姿多彩，但现在更多的是在和生存斗争，周围的同学也是这样，除了学习、打零工，就是在自己的单间里，看数不清的公式。唯一令人欣慰的是有一份难得的宁静，这样他可以全身心投入学习，学习也是为了生存，他已经没有别的出路。今天，他就要赶第一班车去考试了。天寒地冻，这一天还是来了，他为此没日没夜地准备了一百多天，一个完全不一样的专业课，从零开始，还好教授的手记写得言简意赅。昨天他睡觉前还重新温习了一遍。小镇是早班车的第一站，开过了原野，还有漆黑的森林。教室里灯光好亮，里面的学生都是上学期没过来补考的。发卷的是教授研究所的一个师兄，从中东来的。一般德国教授的博士生都会做助教，比如这次考试就是这个师兄组织的。还好考题都是平时复习了好几十遍的设计题目，他复习了好多次，基本能背诵那上千个公式，到结束前十分钟，他又检查完一遍，觉得差不多了，看窗外的阳光才刚刚升起来，终于松了一口气，伴着教室里的暖气，紧张的气氛才慢慢消散。一会儿交了卷，他想着该回去好好睡一觉了，这段时间他觉得好累。虽然春节马上要来了，但他没感觉到任何节日氛围，考试这段时间，大家都很紧张。没几天，又要口试了。第二天，笔试成绩出来了，他考了 1.3 分，1.0 就算满分，他是班里第二名。口试是教授亲自监考，每人现场抽一个题，然后解释并回答教授提问。还好他抽的题也是准备过的，但他德语不好，只能用写公式来解释了。这点让教授也吃惊，他能一字不差地把十个电机漏磁公式都写对了，但在提问环节，因为他德语不好，表述不清楚，总分不是特别高，只得了 2.0 分。这样口试加笔试一起，他平均分 1.7 分，排班级第二名。后来听师姐说，教授对他的成绩还是很满意的，好多外国来的师姐、师兄考试平均分也只在 2.3。郎能灵听说后还夸了他，说去年上海交大两个师姐才 2.7 分，他给大家争气了。他倒没有一点儿高兴，就觉得考试过了就好了，他担心的是后面的生活，眼看他账户上的余额越来越少，后面还有一个大的课题，压力越来越大。

最近因为考试，他也没去找零工。这几天，他在球队队长介绍下，去小城印刷厂打零工了，不过时间不太好，是夜班，一个小时挣七欧元，一个晚上可以做八个小时，工作很简单，就是搬书。一周后，教授给他安排了最后一个博士前的毕业课题，相当于硕士课题，如果做完他就可以直接博士入学了，时间为半年。秘书带他到一个叫施耐德的德国大师兄的办公室，安排做他的课题指导。师兄个子很高，是当地人，也很和蔼，不像教授那样严肃，很快施耐德就安排好了他的课题题目、相关资料及课题计划。他马上去两个师姐那儿告诉她们这个好消息。还好，两个师姐对施耐德评价都不错，说他是教授下面唯一最出色的 1.0 分的德国学生，现在的课题也是最难的，做得也最好，课题试验的磁悬浮第二代电机已经到六万转了。他想着他还是很幸运，下面就是要先把那几本资料好好研究一下。夜晚很快就来了，他数着日子，艰难的第一步终于迈出去了。车还是开在乡间的小道上，他这次好好数了一下原野里路远方的树林，不远处一排树林，一棵棵排到远方，这可能就是人生的一棵棵树，这一次，他只是到了某一棵树，然后稍许休息一下，再迈到下一棵树，如果哪一天他倒下了，这可能就是他的一生。然而乡间的晚霞还是那样从一棵无名的小树里冒了出来，这可能就只是这个小镇片刻的时光，却能持续一千年，和他记忆里江南渔村的田埂一样，可以一代代延续。

冬雪

一朝一夕一抹云
一浅一深一冬雪
帘后余梦空悲切
雪影尽头一棵树

课题开始了，他前期就是读磁悬浮电机的所有资料。宿舍里做菜最好的就是来自四川的小刚，听黄汇中说他留学前就是川菜厨师，一手厨艺在达姆施塔特大学都是有名的。他也看到，小刚刀工好厉害，麻婆豆腐都切得整整齐齐的。小刚中等个头儿，长得很敦实，小 40 岁了，看上去还蛮精神的。不过不经常看到他，听大家说小刚经常在餐馆打工，工资是 3000 多欧元。不过，大家都调侃他，说他跑去法兰克福的风月场把钱花掉了，也没赚到钱。他倒是第一次听到这些传闻，不过，后来小刚在做饭间隙吹牛跟他们提起过这些风花雪月，他有些相信以前的传闻了。他知道小刚在四川还有老婆孩子，想起来这些，他更加迷惑了。最近他不知道赵谭在北京学外语学得怎样了，他知道她压力肯定好大，希望她能坚持下去。

听黄汇中说法兰克福的红灯区就在法兰克福最大的亚洲超市附近，在德国是合法的，但这些对他们学生来说还是特别遥远，只能是饭后谈资。黄汇中邻居小文一家最近要搬到市区了。小文的爸爸是上海市的公务员，一起把小文和小金送出来留学，不过后来，小金和小文分手了，小金喜欢上了足球队的一个东北来的同学。后来他经常看到小文郁郁寡欢，很悲观，眼角的悲哀无缘由地能感染周围的人。他很关心小文的未来，除了学业，他和小文一样都是一无所有，是同病相怜的。每次他和小文碰面都很短暂。大家都知道小文内心的苦需要自己慢慢咀嚼、消化，这个过程或许很漫长。郜能灵也快大半年没回上海交大了，也特别想老婆、孩子，但为了博士后课题也只能熬着，平时都和大家一起聚餐。今天郜能灵居然买了一千克鹿肉，自己炖了吃了，连汤都喝了。他想起来，冬季德国要狩猎好多麋鹿，鹿肉可以在超市买到，但很贵，他和黄汇中是买不起的。后来他们看到郜能灵吃了鹿肉，因为太热，去球场跑了好久才缓过来，这也成了他们的笑话。听说郜能灵要回去做教授了，他很高兴。郜能灵是访问学者，虽然压力不同，但大家在一起也是无话不谈的，彼此成了好朋友。宿舍区有几个足球队，他们中国学生的球队就好多人，大家平时很熟，周末都去球场踢球，好多访问学者也过来踢。后来博士群也建立起来了，偶尔组织大家聚餐喝酒。他虽然有在北方喝酒的底子，但也喝多了好几次。

青春没有初恋

初恋一直是奢望
鹅支河的江南
温柔而胆怯

滚滚埠河的江水
一路向东
他却登上第一趟北去的列车

可以看北方的荒漠
其实在逃离汉口的烈日
大漠孤烟直
他的青春在北方烈马的
倔强里
还有苦涩的南方烟雨

还是喜欢北方德国的风雪
雪掩盖了初恋的忧伤
可以孤独地
走过原野的雪地
一个人的一百年
就是寒风里孤独的一棵树

2005 年的春节要来了，他特意买了一个长途手机卡号，这样打回国内会便宜些。第一次不能回老家过年，他心里不痛快，怀念在老家的时光，还好方建华邀请他去城里和他们一起吃年夜饭，有好些同学一起。黄汇中和何艺飞回国度假了，要不大家可以一起过春节了。可惜他的国际电话卡还是没操作好，后来话费单下来，打电话直接花了 100 多欧元，让他心疼了好一阵子。过年那天，他带了一个麻辣牛肚，只是量少了点儿，方建华的上海女朋友还不好意思吃，弄得他也很别扭。建华特意买了好大一只火鸡，也请了另外五个同学，准备了一大桌菜。饭后，大家一起玩兽棋，直到第二天天亮，除夕就这样过去了。方建华女朋友寝室就在旁边，方建华空出她寝室给他，他一觉睡到中午，正好周末，车不多，他坐了一趟班车，直接回了迪堡。他还觉得好困，就一直睡到初一晚上，醒来看王平也在忙着给家里打电话，还有上海高同学也在召集周围中国同学在聚餐。

德国的春节

德国没有春节
也没有春天的草长莺飞
寒风和他的北方一样
寒透了
在村里的第一站
他带着梦想要去赶考

温暖的第一班客车
原野里的树林
他数到了第四棵
第三棵是他的第二次高考

青春的“二战”
还是那么冰冷无情

还有几棵树
就到了人生的终点
晚霞一直守候小村一千年
他就是过客一样
从楚国水乡，到东北辽河
来去匆匆三十年

郭俊安一直在追求和他们搭伙吃饭的一个南方来的女孩，大家叫她潇潇，个子不高，皮肤有点儿黑，但人很温柔，话不多，可惜被吉林来的刘同学捷足先登。刘同学天天去潇潇房间，说是一起复习功课，再后来他们俩就好上了，搞得大家意难平，都说郭俊安太老实了。其实他也是看好郭俊安和潇潇的，只怪郭俊安太木讷了，一直没有给潇潇一个明确的表示。会餐的主要组织者是上海高同学，大家都很服他，高同学很胖，有个妹妹也很胖，他经常帮助别人，和大家都很熟。他看到他们每天都一起聚餐，关系也很好，本来他也可以一起的，但因为他学业紧就没有加入，只是偶尔和王平一起聚餐一下。

故乡的油江河

古亭恨晚霞
倒影浮河面
夕阳欲西下
长影孤独客

穿过一中的长亭
一直到三袁里
河的涟漪
追逐着他们的青春
在清晨的朝霞里
夕阳的倒影里

一夜的冬雨
长廊的历史壁画
又褪色了
爱怜着的落魄少年
守候一亭一河
永不放弃

数一个个
飞起的浪花

原来是他们昨天流下的眼泪
河水的味道应该是苦涩的
所有的青春都是有味道的
一夕确是百年

最后的博士入学课题开始了，实验室也来了两个新同学：一个是印度的 Yatan，一个是罗马尼亚的飞利浦。他们都是通过本国国内大学和达姆施塔特大学合作，到达姆施塔特大学来做硕士毕业课题，毕业后也可以申请喜欢的德国教授。Yatan 是印度理工大学来的，特别用功，而且聪明，电机学的考试四个月就通过了，和少寒分数差不多。Yatan 很瘦，黑黑的，个头儿和他差不多。Yatan 说因为自己在印度种姓不高，他花了别人好几倍的努力才考上印度理工大学，一路很不容易，希望毕业课题做完，可以申请教授的博士生，现在课题是一个电机控制仿真的方向，和飞利浦差不多。飞利浦想法和他们完全不一样，他只想着马上毕业回国创业，大干一场。飞利浦经常说他的一个表哥在罗马尼亚做科技公司，已经成了百万富翁。飞利浦学业非常好，辅导老师对他也评价很高。飞利浦高高的个子，皮肤白皙，一双蓝眼睛显得特别可爱。他们三人每天都可以在实验室见面。

Yatan 邀请他一起在宿舍吃晚饭。Yatan 宿舍有五个人，都是印度理工大学的，都在一起吃饭，他们炖了一大锅豆子和咖喱之类的东西，但没有肉，印度好多人是不吃肉的，他们会吃很多豆子，锅里有好多种豆子，红的、白的，还有各种咖喱。Yatan 说他喜欢吃辣的，特意放了好多辣椒粉，然后放土豆、洋葱。主食是米饭。炖了一大锅，闻起来还挺香，还好他喜欢乱炖。饭菜做好后，在地上铺好一个大的毯子，大家都席地而坐，尴尬的是他不习惯盘腿坐，腿会发麻，最后只能将就坐了。各种豆子味道很好，他拌着米饭吃得很香。他们吃饭很快，不一会儿就吃完了。Yatan 还递给他一瓶酸奶。奶制品在印度是不可或缺的，因为他们都很少吃肉，只能喝牛奶来补充蛋白质。后来，他也好多次看到在迪堡宿舍，印度学生都一起吃饭，土豆里放很多咖喱。他们学习非常好，后来好多都去了美国。他的课题指导老师施耐德最近也忙着博士课题，60 000 转的电机样机也快做完了，不过碳纤维转子绷带材料还要一段时间的重新计算。施耐德给他的课题材料，他也一丝不苟地读了好几遍，现在也开始编程计算了。只是他见教授机会太少，只有在每周一次的研究所开会时才能见到。教授魁梧的身躯，深邃的眼神里满是威严。教授对他们要求很严，经常会要求自己的博士生去参加电机学的考试，搞得大家都很紧张。他也很害怕，倒不是怕专业知识，他是怕听不懂，因为教授德语口音很重。后来郜能灵过来告诉他，100 多年前第一台异步电机就是这个研究所发明的。不过他后来问了施耐德才知道，从教授办公室门外椅子上的一串铭牌上可以找到那个发明世界第一台异步电机的人的名字，原来不是德国人，而是一个意大利人，也是达姆施塔特大学的博士生。

东北之恋

梦红尘，望乡愁，一江东去惹风流。
莫回头，留无情，醉似无情胜有情。

铁西的烟囱

在北方的烟花里
大学旁的槐柳里
落下煤尘的味道
折一束
那是青春的一九九七

流着北方的血
南方的温柔
不再回到江南
北方的冬天没有寒梅
却有铁马冰河
一去回到漠北

流浪德国
还是北方的大炕
暖他心窝

看透窗外的乡野
冰冻的爱情
在东北的春天里解冻

飞利浦约他去法兰克福玩儿，正好同一个实验室的希腊同学阿偌也住在法兰克福，可以顺便拜访一下。阿偌的硕士毕业课题也做得差不多了，平时也在同一个实验室，和他们特别熟。从达姆施塔特到法兰克福的小火车也就25分钟路程，他们下了火车，看到法兰克福中心火车站还挺繁华，有好多乘客，来往人群熙熙攘攘的。他们都有黑森州的学生票，可以随便免费乘坐火车、汽车，除了高速快车。他们穿过熙熙攘攘的中心火车站，去附近约好的一家酒吧碰面，不一会儿就看到阿偌在远处等着他们。这边的酒吧其实就是饭店，可以吃饭、喝酒。德国菜很简单，不是大肘子就是酸菜配香肠，他喜欢酸菜，这儿的酸菜和他在东北吃的酸菜差不多。最后吃点儿香肠配土豆泥就算是填饱肚子，再每人点了一杯德国啤酒，喝完就匆匆告别了。酒吧里氛围很好，座位都坐满了，大家点的有披萨，还有红烧鹅腿配土豆。他和飞利浦计划还要去法兰克福动物园，听说这是德国第二大的动物园，所以一定要去看看。路过法兰克福有名的HOF酒店，他们还拍了一张合影。他还想着，哪天他们也可以去这个酒店里面看看，但他们现在都是穷学生，只能从远处看看，感觉里面金碧辉煌的。他们坐地铁没几站就到动物园了，票不便宜，要15欧元，差不多是他半周的伙食费了。但他为了陪飞利浦，也只能奢侈一把。里面好大，有各种动物、植物，也有温室，里面有好多亚热带植物、动物。动物园里人特别多，他们花了四个小时才逛完，一看要六点了，才匆匆地赶到中心火车站，坐上了回迪堡的小火车。今天他走了很多路，有些疲倦，看着窗外傍晚远处的莱茵河，河面不宽，就和他们村里的鹅支河一样，只是流水湍急了些，水很清澈，沿一个个村落蜿蜒远去，暮色慢慢变得模糊。他很快就回到他的迪堡小镇，又完全回到现实，为了下一步生存，他只有做好眼前的事情，把课题做好，把德语学好，其他的他没考虑那么多。他每天都是两点一线，从实验室到寝室。在 12 平方米的宿舍里，一床和一桌让他很满足。

初春

松柏枝头炊烟直
春来滴水雾满尘
拾得昨冬一残株
松香一味四十年
藤萝蔓延春风里

风雨飘零四十载
望头明月花蕾枝
拾得残枝看花眼
远闻春香满山头

断城颓壁百年恨
尘埃落下初春雪

达姆施塔特的夏天，没有老家湖北那么热，晚上的风还有点儿凉意，就中午太阳很烈、很热。夕阳就在窗外森林里的一角，他每次都能看到那棵老树安静地立在那儿，让他可以瞬间感觉不到漂泊的艰辛，享受这片刻的安静。最近他也申请了好多临时工，但都没有消息。昨天他还特意去了一趟法兰克福附近的一个很大的中餐馆去找零工。面试他的是一对东北夫妇，他们让他回家等通知。他一年的生活费也快花得只剩一小半了，他也不可能再找老家爸妈要了，只希望马上找到一份零工，不管多么辛苦，也要坚持下去，等课题做完。一个楼还有一个巴基斯坦的学生，听说去了附近仓库守门，一个晚上能挣 50 欧元，但是得保证晚上不睡觉。他也申请了，也一直在等消息。后来他问隔壁上海胖哥，才知道零工市场也是一个大圈子，要慢慢熟悉。胖哥就可以很快地找到学校食堂的工作，不累，工资还高，而且食堂就在寝室旁边，平时还可以拿回好多没卖完的鸡腿。找零工的焦虑在每天忙碌的课题中慢慢消散，过了充实的一天也不用管明天是否还能有一张餐票。郜能灵下半年就回上海了，家里也有孩子、老婆，最近也在忙着换大房子，听说上海房子都要超过 10 000 元每平方米了。一年时间过得好快，郜能灵回去可能要做教授了。在寝室里，大家一起谈笑风生，他也不知道以后还有没有机会再相聚。

他的100多页论文在施耐德指导下，写了好几遍才完成，答辩也安排在一周后。希腊同学的论文在他之前答辩，但出了意外，答辩前两天，希腊同学阿偌的电脑彻底坏了，所有资料都丢了，后来电脑也没修好，希腊同学都差点儿崩溃了。后来在教授安排下，答辩还是顺利举行了。那天希腊同学的家人，还有他们一个实验室的飞利浦、Yatan都来了，答辩还算顺利，教授也让通过了。最后一刻，阿偌泪流满面，感谢所有导师、同学以及家人。他也深深祝福阿偌，但同时他也没忘了他现在的处境，他也会坚持到最后一刻，为了在德国生存下去，他必须坚持。磁悬浮电机课题，他做得还可以，就看答辩怎样了。他还是很紧张，就怕教授提问他理解得不够透彻，还好施耐德安慰他，只要把核心的设计说明白就好。冯琳、崔小丽两个师姐的研究方向，一个是电机设计，一个是控制。他的课题是偏电机设计，也是Binder教授最核心的难度最大的研究。答辩的课件做好了，第二天上午就在电子系阶梯教室开始了。来现场的都是一个实验室的，还有一些本系的学生，总共有50多人，显得教室空空荡荡的。他一早就提前来了，也模拟了好多遍，就等最后这一次了。因为紧张，他做报告中间还咳嗽了几下，教授赶忙去给他倒了一杯水，给他送到讲台，他觉得特别感动。后面教授也提了很多问题，他大部分也回答得还可以，但对高频电磁损耗回答得还不是特别深刻，最后教授给了1.7分，加上写作2.0分，综合起来2.0分。他的课题算是告了一段落。后来评估他整个电机学一、电机学二的考试，以及电机实验和实习，大课题总分在1.7分，离施耐德的

1.3分还有差距。不过他听冯琳、崔小丽说，教授对他还算满意，还表扬了施耐德。教授很少表扬他们，上一次表扬施耐德还是两年前了。剩下的就是焦急地等待了，看教授能否留下他，他接下来按部就班地准备着最后的论文定稿。

城春草木深

抬头望天一行大雁飞
儿女情长窗前又明月
峥嵘岁月叶落莱茵河
一双布鞋游子身上衣
夕阳孤夜梦回黄浦江
我入地狱赤心为中华

两周后，施耐德告诉他，磁悬浮电机方向的博士研究生，教授那边好像没位置了。第二天，教授就约了他俩，正式通告这件事。在会议室，教授慢慢地走过来，夏天的余晖要落尽了，会议室静悄悄的，他听到这个消息，很惊诧。他希望把课题最后遗留的问题做完，后来教授答应给三个月时间，也给他一点儿工资。不过，在他离开会议室的一刹那，悲从心中起，泪水悄悄流下。他也不知道怎么出的教学楼，回到宿舍里他也不愿去考虑后面的事情，他只知道好累。外面也忽然下起了小雨，敲打着窗户，森林好安静，犹如他的心情，悲戚混在雨水里漫漫地流向远方。

Yatan 一个月后也答辩了，成绩也不错，本来也希望留下，也因教授没有博士研究生位置，也没再继续读下去，直接回印度理工了。Yatan 走的时候也是依依不舍，走的一刹那，他也看到 Yatan 满眼泪水，可能 Yatan 也不理解这样的结局。

涛声依旧

滤水河畔夏夜静
明月悠然竹叶下
半夜无风万里空
少小田埂蛙一片

罗马尼亚的飞利浦也答辩了，课题是磁轴的控制方向，教授也还满意。因为教授自己专业偏电机磁轴设计，在西门子工作了 15 年，主要也是偏电机设计，控制做得很少，所以做了教授后，需要投入更多给控制方向，教授于是给了飞利浦一个控制方向的博士位置，月薪 3000 欧元。可惜，飞利浦最终还是放弃了，飞利浦要回罗马尼亚。答辩后，他邀请阿偌、Yatan，还有冯琳、崔小丽、郜能灵一起在他迪堡宿舍聚餐烧烤。迪堡的傍晚里，烤炉的火开始旺起来，希腊同学有经验，说炭要烧到七成才是最好的，没有烟，火也最好，这样烤出来的牛排才最好吃。确实是这样，他们看到炭刚烧起来就很着急，其实这个时候烟很大，火的温度也不好，真要等烧到七成，烤肉才最好。德国啤酒好喝，但后劲儿很足。飞利浦酒过三巡，告诉他自己正式拒绝了教授，要回到祖国，开始自己的事业，说在德国做一个毕业课题已经足够了。他听完，觉得世间的事儿好奇怪，他拼了命要获得的教授的博士位置，却没有；飞利浦有位置，却拒绝了。可悲的事情其实世间每天都有，一切给你的其实都是最好的。三个月后，他要完美地完成60 000转的磁轴电机，然后找一个安身的地方。他无数次抚摸莱茵河的水，水又暖又寒，这一次他希望它不再那么寒冷。

六月的雪

飞檐飘絮春瑟瑟
飘落谁家使寒风
忽起忽落沾枝头
一朝一夕湿无痕
数飘落的雪花
一片片忽起忽落
在瑟瑟的春风里

雪因为风才成了花
绽放在
樱桃树的新芽里
一朝一夕

湿落小路
落不下一点痕迹
飞舞的生命
苍然而泪下
如他匆匆的今世

只剩四个月时间，他的签证就到期了。他必须找到一个博士位置才可以继续待下去，要不只能回国了。他只能再一次准备所有申请材料、课题总结、个人简历，去一所所大学申请博士位置。只有一个教授给了他面试的机会。开姆尼茨大学的霍夫曼教授对他的课题很感兴趣，和他约了三周后可以直接面试。最近，他已经退了他学校的宿舍，暂时和同一个楼层的山东小李一个寝室。

初夏的森林

一夜樱花昨晚开
花蕾似曾去年识
只是春风依旧寒
依偎树影数残花

守候寂静的
还是森林的那只小鸟

远处的鸣叫
和近处的黑羽毛
都在密林深处
茂密的森林大漠里

涓涓细流
流走森林的味道
没到尽头
就淹没在老树的根筋里
倒了一片片树
淹没了我游走的生命

山东的小李日子也过得很苦，小李高个儿，很瘦，一直在准备最后几门建筑系的考试。小李除了去超市，几乎就没出过寝室门了，吃得也特别简单，煮一大锅乱炖，可以吃一个星期。不过自从他过来打地铺一起住，他每天都主动做饭，这样他们可以不用吃剩菜了。现在，莫名的，他还真没有太大的危机感，反正每天申请教授位置，然后就是等面试机会。隔壁的小崔也快毕业了，最近还约了一个深圳的网友过来，被安排在楼下宿舍住。后来小崔晚上过去表白，居然被拒绝了。因为女方希望以结婚为目的恋爱，小崔一下子犹豫了。大家周末聚餐，他看了一眼那个女人，感觉不像 30 岁左右，有点儿显老，瘦小且黑。后来，小崔和她也就不了了之了。他觉得网恋真的挺奇怪的，理解不了。小李整天想念在斯图加特大学的女朋友。

下周他也要去汉诺威大学面试，小李第一时间给他介绍同学帮他安排寄宿一晚。这样他就省了很多钱，德国酒店也不便宜。现在，他犹如一片漂浮的鹅毛，漂到哪儿是哪儿。本来，开姆尼茨的教授已经提前约好了面试的，后来他考虑汉诺威离达姆施塔特近一些，才推迟了一周去开姆尼茨。

申中的小石桥

夜幕下
斜阳落
迎着沩水河的车痕
是回家的路
铺满青青的豌豆花
还有她羞涩的笑容

晚霞的味道
在乡道里
浓与淡
在轻轻的行囊里
去时一路尘埃
来时长路漫漫

操场里早已草长莺飞
流逝的晚自习夜灯
在教室前池塘的水面
可以长忆
你我青春的脸颊
今夜又无眠

明天一早九点的面试，时间很赶，他一狠心买了高速快车，可以当天晚上到。他来不及准备很多行李就匆匆赶去法兰克福的火车站，还好晚上七点就到了汉诺威。十月的天黑得早，他还来不及好好看看这座城市，就急忙坐地铁赶去小李的同学家。坐了七站地就到了。小李的同学也是一个在汉诺威大学学习的学生，一起合租的另一个室友打工外出了，空出一个房间可以给他住。时间也不早了，他奔波了一天，洗了澡便睡下了。早上，早餐早已准备好，也是德国特有的香肠和面包。他一直不怎么喝牛奶，有些不耐受。他还是有点儿紧张，不知道面试情况怎么样，专业问题会问哪些。他大概了解了一下泼尼克教授的专业方向，教授很年轻，也是刚刚才到这个教授位置，研究方向以小电机设计驱动为主。三站地铁就到了汉诺威大学，学校很大，有大大的广场，还有高高的传统哥特式的教学楼。风轻轻刮起，他感到一丝凉意。他在主教学楼的二楼找到了教授的实验室，教授真的很年轻，戴着眼镜，很简单地和他聊了一些专业，而后马上带他去下面的实验室参观，大部分都是微特电机。最后教授也谈了他可能的博士题目和工资待遇，告别的时候，通知他说两天后就可以报到了。离开的瞬间，他太开心了，德国终于有他的一席之地了。他回到小李的同学家，收拾好行李就告别了。他买的是下午的票，午饭就在火车站买了一个土耳其大饼，经济又实惠。他还没吃完，就接到泼尼克教授的电话，说可能这个博士位置不能给他了，说刚给 Binder 教授打了电话，也没说拒绝的具体原因。一时间，希望瞬间化为灰烬。他呆呆地站在莫大的火车站，感觉不到熙熙攘攘的人流，好像只有他一个人，他来不及考虑一时的悲伤，只能搭上火车回到达姆施塔特。一切，还要再从长计议。

南平的小雨

泥泞的老街
小店里忧伤的歌声
早起的薄雾
青春的脚步
踩过湿漉的残叶
又回到九三年的中考

少年的倔强
随晚霞归去
一路尘埃
明天和你我从此永别

轻轻的风
温柔却无情

来不及看堤外的江水
怕流逝的容颜
回不来的四十年
堤外孤影如帆
飞走了
归来如期

他回了达姆施塔特，还是觉得这个法兰克福旁边的小镇最温暖，不再害怕会走投无路。Binder 教授那边，他的课题论文，还有项目都快交接完了。还好，他又马上联系了开姆尼茨大学霍夫曼教授，面试安排在两天后。但是他心里也没底，无论结果如何，他都要去拼一把，就如老家的江水，只能滚滚向前，即使碰顽石也义无反顾。他像往常一样搭上远去开姆尼茨的火车，再次出发去考试。

他找的青年旅馆就在城市郊外，到了才知道那里很荒凉，整个旅店就他一个人。原来这里在东德时叫卡尔·马克思城，东西德合并后才改称开姆尼茨。晚上，连唯一的服务员都走了，整个酒店大楼就他一人。他无聊，看了很多遍准备面试的资料，紧张且无奈，无眠的他只能一个人走出旅店。旅店旁边是原野，夜幕降临，微寒的薄暮早已升起。看着篱笆后面的草丛，一股莫名的忧伤升起来，远望遥远的天空，星空还挺亮的，只是近处的草木渐渐模糊，此时，悲凉的晚秋把凉意早早地撒得到处都是，从来没有像这晚，他感到那么冷与绝望。他不敢走得太远，只是一直徘徊在篱笆左右，野草的味道充满鼻腔。还好，他没有失眠，早上八点多才醒，旅店早餐准备了简单的面包和香肠，还告诉了他一个不远的站台的位置。他走了大约 1000 米才找到那个有轨电车的站台，还好八站地就到了大学。和德国西部的大学不一样，开姆尼茨大学的教学楼类似国内，方方正正的，集中在一大片。到了教学楼二楼，教授秘书让他等一下。几分钟后，教授就和他见面了，教授有 50 多岁，看上去很正派，大概问了他以前的课题，也谈了他将来的课题方向。原来教授原本有个课题，有个同事做了四年就做不下去了，正好可以安排他继续做，不过，课题难度很大，教授找了好多年也没找到其他人。课题正好是高速磁悬浮电机，但是是最难的开关磁阻电机。他心里也没底，担心自己也做不好，但现在，他根本来不及考虑这么多，现在对他来说，生存才是最重要的。教授看他很坚决，说下周就可以来上班了，还安排了秘书帮他找学生宿舍。想不到阴差阳错不到半小时，教授就确定了他的命运，以及下个十年的努力与拼搏的目标，然而这些都不是他自己所能决定的。他的心情和昨天晚上在旅馆完全两样，这才回过神来好好看看这个大学。大学规模也不小，教授知名度在德国也算不错。如放飞的小鸟，他这次要赶快回去准备一切，打包好行李马上来这里报到。

申中的渡口

青春盼着渡口的秋风
教室前寂寞的法国梧桐
一片落叶
落尽你我的顽皮
记得周末
再一次背着空空的米袋回家

街口就是桥头
黑天里是无边的芦苇
芦苇荡的故事
只能在她清澈的眼里
想爱却忘不了自己的贫穷
淹水河何时才淹没一颗游子的心

回到达姆施塔特，第二天他就告知 Binder 教授他要去开姆尼茨大学的事儿。Binder 教授约了时间和他谈了一次，Binder 教授意思很清楚，自己这边研究一直偏电机设计，他也已经学习理解了，电机控制正好是霍夫曼教授的强项，他过去读博士应该非常完美。他离开了 Binder 教授的办公室，内心还是充满感激的。希腊同学阿偌已经找到一家公司上班了，罗马尼亚同学飞利浦义无反顾地回国了。印度同学 Yatan 也被教授拒绝了，回到印度理工大学。他自己也只能去开姆尼茨，重新开始一个方向。这次离开太匆忙，他只能和一个实验室的师姐、师兄短暂告别，就离开达姆施塔特小城准备回迪堡。明天一早的火车票，还好崔小丽说她要过来送他一下。傍晚的小城中心人群如织，不远处的皇宫的石门还是那么威严而冷峻，一座小桥跨过护城河，皇宫灰色的墙壁，好像一下让他们回到中世纪，邮局也在旁边，带牛角的标志在夕阳下格外显眼。离开车还有 20 分钟，他和崔小丽就静静地坐在长椅上。梧桐树的落叶知秋，他感到微微的寒气，裹了裹外套，静静地等着周围步行街的灯火再一次亮起。这次离去，他不知道下次何时才能回来。这座小城可能也如一处客栈，送走他这个离乡的过客。车来了，崔小丽说一路保重，他也静静点头，踏上了回迪堡的车。他的行李一直不多，就两个包，简单而寒酸，只是书显得重一些。在迪堡，前几天他也简短地和其他同学告别了。这种告别在大学里太常见了，因为一半的学生都会因为各种原因经常换学校。只是这一年半对他来说还是好难忘，他还是感激 Binder 教授的辛苦培养，至少在电机设计领域，Binder 教授给他打下了坚实的基础。

开姆尼茨的傍晚

秋天的窗外
原野靠着森林
小道可以深入晚霞的怀抱

初望一次
就想守候到傍晚降临
在无人的路口

放下匆匆的行囊
合着秋天的风
歇脚，放下流浪的疲惫
关上窗
铺一床
与夜为伴

第八章　卡尔·马克思城

开往开姆尼茨的火车，六个小时就到了。教授让秘书给他安排了办公室。工资待遇还是一个问题，因为这个课题是教授自己的研发项目，教授只能让他同时做一点儿助教的工作，一个月600欧元。他只能默默接受这些，为了学业，他没有选择的权利，还好现在靠工资生活下去也没问题。一个办公室两个人，两张办公桌，同屋的同事叫托马斯，人长得清秀，有点儿瘦，也很和蔼，专业方向是永磁磁悬浮，和他的研究方向相近。晚上他只能暂时住在教学楼对面寝室楼放杂物的一个房间，还好他带了睡袋，一周后，他才能有宿舍。晚上有些饿，他出了寝室楼，周围都是教学楼，还有足球场，以及一排排宿舍楼。他好不容易找到一个土耳其小吃店，要了一个土耳其大饼，特意要多放一些辣椒面，吃得很饱。吃完，他才舒了一口气，可以好好打量一下这所陌生的大学。走出大门，他看到教学大楼主楼就在街对面，旁边还有一栋新建的多媒体大楼，颜色鲜艳的墙壁是唯一的显得有生气的地方，再过去就是一片原野和森林了，一条小路一直延伸过去。他的宿舍楼后面也是一排排宿舍楼，还有体育场、活动室，再过去就是居民区了。食堂大楼也在旁边，三层新楼，好像新建成不久。

他终于可以睡一个好觉了，归属终于找到了，虽然仓促，但他还是满足的，至少可以好好完成学业，其他都不重要。第二天一早，教授第二次见他，把前一个同事的所有工作都交给他了，说两周后他要完成一个算法，看结果怎样。他也明白，教授要考核一下他。剩下两周，他只能没日没夜地把前一个同事四年的工作好好消化吸收。他在最后一天才把算法做完，和教授见面，交代完结果，才松了一口气。后来他要延期签证，需要教授出证明，他又一次看到了教授的犹豫不决，托马斯替他跟教授做了保证，教授这才最后决定签了字。后来才知道，原来是 Binder 教授打来电话给霍夫曼教授施加了压力。

他刚安顿好在开姆尼茨的学业，赵谭也到了他给她申请的维尔茨堡大学，他马上过去给她安排入学和宿舍。这个大学的化学专业在德国非常有名，而且维尔茨堡也是一座历史名城，就在莱茵河边，远处是无边的葡萄园。河边山上有高耸的城堡，繁华的宫殿，中世纪的古桥跨过莱茵河连接古城和城堡。现在他就在桥头，桥头有家好几百年的餐馆，可以喝一杯咖啡，看流水，但他的伤悲却流不走。赵谭在北京学了一年德语，已经不爱他了，在去法兰克福机场接她时，他想给她一个拥抱，可她躲得远远的。来德国后没几周，她就提出和他分手。他爱了她三年，也是他第一个真正的恋人，就这样分开了。秋天的寒冷让他清醒，喝一口维尔茨堡特有的葡萄酒，他品味所有的苦涩。第二天，他离开了这个他熟悉且爱恋的城堡。他几乎熟悉它的每条街道，每个小巷，还有古老的市场、亚洲商店，以及农贸市场和山边的大学宿舍。他一夜未眠，搭第一班五点的火车去了开姆尼茨大学。他希望她还是好好生活下去，在一夜的苦痛里，他忽然变得豁达。

最忆滹水河

晨跑的清晨
在柴岗村头
听不到晨雾里
潺潺的水声
一路到滹水河堤岸
才开始回头

闻一口
炊烟里露水的味道
小路还是村头的最美
坡上好多野蘑菇
过了孤夜的桥头
晨读的灯火在召唤他们

爱与恨都在申中
留下的爱
在遗忘的野草里
他静静地弯腰
看一眼夕阳下颓废的校舍
原来一切都是孤独似百年

五月的开姆尼茨大学，旁边的原野早已草长莺飞。他就骑车去过一次旁边的远郊，有条小路一直可以到远处的高地。在高地上的不远处就有一张长椅，他坐在长椅上，就可以俯瞰整个小城还有大学。一望无边的油菜花，和家乡的一样，蜜蜂在里面到处飞，他好像淹没在黄色的海洋里。凉风习习，周围没看到一个人，让这个德国小城越发显得孤独。还好校园周围都是中国同学，才让他感到温暖。听他们说，从 2001 年开始就有好多中国学生来这个大学，到现在，不到 5 年时间就有 600 多人了。学生宿舍里到处是中国同学，学校也有中国学生的足球队、羽毛球队、排球队、篮球队等。每到周末，关系好的学生都在一起聚餐，特别热闹。很快，他几乎认识了所有中国同学。

初春过后，积雪慢慢融化，原野外的森林若隐若现，在夜晚来临前，黑压压一片。他喜欢关了他寝室小屋的灯，静静地看外面的原野，没有灯可以看得很远。开一点窗，让微风吹过他的指尖，暖气的温暖和窗外的寒夜泾渭分明。宁静的开姆尼茨，也叫卡尔·马克思城，和他在国内居住过的东北城市一样，过去也是工业化的城市，除了城区内古老的教堂外，一切都似故乡的城，只是这个城市有太多被遗忘的历史。到现在它才慢慢找回过去的繁荣，在柏林墙倒后，西部好多公司又重新回来了，给这个传统的工业城市带来了一股清流。东西德人文差距也慢慢消失，好多过去去了西部的人，也慢慢回来了。故乡的河流永远是离不开的血液，如他离不开他的故乡一样。

他总是好奇，为什么每年秋天这边原野有好多滚起来的筒状麦垛，问了同事才知道，这边农业都是机械化了，麦穗被收割，麦秆就被机械滚成了圆桶状的麦垛，冬天可以作为奶牛的饲料。在商店里，也能买到同样形状的小的蛋糕，夹心的，不过他不喜欢甜食，没觉得特别好吃。经过半年的拼搏，如浮萍般漂泊的他，终于在霍夫曼教授的实验室站稳了脚跟，也做了学术报告，和同事也都熟悉了。实验室就他一个中国人。其他几个越南同事都是大学合作项目过来的，都有政府奖学金。他当初过来也没和教授谈工资合同，他的博士项目政府资金还没下来，没办法，他只能给教授做助教，这样可以拿到比较低的工资，暂时可以解决生活问题。不过，他也不能奢求太多，毕竟滴水之恩当涌泉相报，没有教授的收留，他可能就没法儿在德国生存了。至少现在，他有热爱的专业课题，多少苦也愿意吃。而且他比其他读硕士的中国同学好多了，他们没有工资，只能假期去西部打工，什么事情都要做，中餐馆、工地、工厂都有他们的身影。至少他现在可以全心全意攻克他的博士课题了。

隔壁李哥的电视声音很大，偶尔他也会过去看看。李哥已经

40多岁了，本来是国内大学的老师，后来感情有变，一时失意，来到了德国，也在攻读博士课题。李哥身材消瘦，但眼神犀利，也非常朴实无华，一心为600多个中国学生服务，后来做了学生会主席。从此，大学中国学生有了一个主心骨，大事小情都处理得井井有条，特别是新生来了，很快就能融入学习生活。他也很快参加了很多活动，比如足球队、网球队，还有节日庆祝活动等。

每个月，他还是要好好计划花销，宿舍住宿大概要花费220欧元，生活费要200欧元，其他100欧元。这样助教的工资也所剩无几了，如果能节省点，他一年还可以攒一张飞机票回国看一下父母。他暂时还是很满足的，但肯定不能和别的同事比，等课题做好了再说。

夜梦地中海

海的对岸
是亚平宁半岛的平原
今夜的浪花轻轻地
告诉他历史沧桑
和他一样
都是飘零人

潮起潮落

浪尖微寒
铺满一沙滩的欢笑
今夜都沉睡了
你我的脚丫
早已消失在沙砾后

他迟早要离去
带不走地中海的一丝风
凉亭下
北坡里
一醉解千愁
归来未有期

马上要到德国国庆节了，按常规，教授要他发表一篇论文到一个重要的电气国际会议上。论文没几天就弄好了，但会议的报名、初审、定稿还花了不少时间。因为今年会议是在斯洛文尼亚举行的，不在欧盟内，他还要去柏林申请签证，庆幸的是一切都挺顺利。到了柏林，他也没有好好逛逛，去了大使馆办完签证就匆匆又回了开姆尼茨。火车因为是慢车要五个多小时，等回到宿舍已经是晚上了。宿舍楼有公共的厨房和洗澡间，不过他自己买了一个电炉子，这样做饭就不用排队了，也很方便。宿舍对面的印度同学也买了一个电炉子在房间里自己做饭，一锅的咖喱有好多种，什么都做成泥一样的，和饼一起吃。印度同学也要他过去尝了尝，味道居然还不错，只是他没见过他做过肉。印度同学个头儿不高，黑黑的，感觉他满身油腻腻的，偶尔还要隔壁一个埃及的同学过去给他做精油按摩，大家都觉得这很奇怪，慢慢对印度同学敬而远之了。还好这个印度同学过来也是学术交流，不到半年就回国了，离开时还卖给他一堆咖喱粉。后来他也试着做了一次咖喱羊肉，没想到味道还不错。

国庆节前，他就买好了去斯洛文尼亚参加会议的机票。飞机两个小时就到了斯洛文尼亚，出了机场就有会议用车把他接到会议中心。过边境的时候，警察还检查了他的签证，原来其他人欧洲护照是不要签证的。客车一个小时就到了一个海港城市，蔚蓝的海就在路边，可以闻到海风的味道，城市不大，就在小山脚下，海水敲打岸边的石头，风忽大忽小。这是他第一次到地中海，原来地中海这么小，可以看到海的对岸，对岸就是意大利了，甚至可以清楚看到对岸的楼阁。小小的海港小镇，没有大城市太多的高楼大厦，只有绿树海滩边分布的度假村，唯一的五星级酒店就是会议中心。他把酒店安排好，就等明天的大会了，还好这次不需要直接做报告，只是把打印好的报告放到大厅展示就好。这是他第一次参加会议，实验室也只有他一个代表，多少还是有点儿压力的。不过，今夜的海浪慢慢敲打他的窗户，月夜朗朗，凉意随深夜慢慢袭来，他也慢慢进入梦乡，远去天涯。

斯洛文尼亚的酒屋

海风里买醉
可以闻到它咸咸的味道
小店外烈日的沙砾
星光闪闪
路边青青小草
原来秋天早早来到

小路过了海港
去到山里
看不到后面的村舍
女孩的眼泪里
看到了乡恋依旧
等候的剑桥的风

流浪在这个城市的味道
厚厚的披萨
唤起故乡村头的味道
河畔有她的影子
清晨来
夜晚去

会议在第二天早上就开始了，他第一次在大厅看到世界各大高校同一领域的教授。一个很大的大厅里，一些知名教授正在做大会的科研报告，他们是这个领域水平最高的。正好他也见到他教授的好朋友，日本名古屋大学的一个教授，每年他们两个研究所都会在德国有一周的交流会，没想到，这次不期而遇。他不知道这个教授是否还记得他，不过他们见面彼此自我介绍了一下，还是熟悉的。斯洛文尼亚唯一的这座海边城市就如一颗明珠，在地中海的边上，也是旅游城市，所以物价和德国差不多，城市建设也非常不错。他的报告在明天，所以他就选了几个他感兴趣的课题听了一整天。晚上，他一个人便迎着晚风沿海边的街道走下去，半道居然碰到一个大学的也是来参加会议的隔壁研究所的同事，这样他们俩可以结伴而行。路上有一家意大利风味的披萨店，门前排队买的人好多。他看到这家店的披萨确实和早先吃的披萨不一样，这里的饼厚很多，而且上面肉和蔬菜也很多，吃一小块应该就饱了。同校的德国同事也是明天做报告，和他还是一个大厅的，也约好了，做完报告一起去海边游泳。第一次发表文章他还是很紧张，第二天一早他就到大厅里他的位置上准备起来，这次不用做大会发言，只要把自己文章做成大海报贴出来就好，然后和大家一起讨论。大厅里有好几十张海报，人头攒动，好几个教授过来问了几个问题，一直到下午才结束，他也长长地舒了一口气。会议上，他认识了一个剑桥大学的中国女学生，老家是武汉的，中午他们还在海边的小酒馆不期而遇。他给她点了一杯香槟，他点了自己喜欢的啤酒，正好她也做电机控制，和他还有一些共同话题。海风在正午退去了，阳光好烈，小酒吧的遮阳伞外，细沙反射阳光到旁边的小道，车流也在此时少了，她的脸消瘦，一头短发，和他侃侃而谈。她男朋友在武汉等她，她说英国博士毕业就回去，时间不长，但她还是害怕，彼此隔得太远，所以在学业和爱情之间，她一直在彷徨。说到这儿，他是感同身受的。小城里，朴实的街道，远处的香舍，匆匆的人群，海滩细细的沙石都是德国少有的，还有那炙热的阳光。他一口干掉杯里的酒，和她在路口告别，也希望她早点儿毕业，早早回到武汉。他还不知道自己何时才能毕业，前路漫漫。

最后一天最期待的就是大会的特别晚宴，每人要花 200 欧元，他觉得太贵了，够他一个月的生活费了，但教授要求他必须去。其实晚宴吃的就是华而不实的法国菜，五道菜吃下来还没吃饱。大厅可以容纳好几百人，也有大会主席发言、颁奖，会后还有音乐舞会。他没想到日本教授把夫人也带来了，教授夫人看起来好年轻，和日本教授差 20 多岁的样子。下一届会议就在名古屋举行，所以日本教授很受关注。晚宴后，酒店阳台里，他一个人站着，看苍茫夜空，海对岸也是星光点点，应该又是一个无眠之夜。

开姆尼茨的原野

大学路的尽头

就到了原野

旁边是忘却的森林
还有五十年前的
断壁残垣
拾起一块碎石

就是他的十年的青春
下一个足球可以踢到
哪个窗口
如果是你的
便可以看到
清晨的朝阳

归来吧
开姆尼茨的原野
冬天的雪没有一点痕迹
但可以掩盖你的忧伤
小路还是依偎着小草
百年后还是你我的草长莺飞

第二天一早大家都各奔东西了。他和唯一一个同大学的德国同事也搭上了去机场的客车，没有机会再踏遍这个港口小城，便匆匆和它告别了。蜿蜒的山道，朝阳正好，雾气也升起来了，在海与山之间，分不清哪个是山哪个是海，他们犹如昨夜的海风，悄悄来，静静去。德国同事一直在踌躇该买什么礼物给老婆，从第一天就开始计划，到最后也没选好，他也陪着逛了好多店，后来在机场匆匆买了一束花才算了事。飞机直接到德累斯顿，下飞机坐小火车直接到主火车站，然后一个小时的火车就到了开姆尼茨了。他到晚上才回到大学寝室，一路奔波，终于可以好好睡一觉了。没几天，世界杯就开始了，大学中国足球队队长孙刚早早约了他要一起看球的。孙刚个头儿不高，山东人，结实的身材加上朴实的脸颊，偶尔嘴角的微笑让大学的女同学意犹未尽。孙刚足球踢得很好，人缘也好。趁着世界杯，大家也组织了好几场足球比赛。踢球的人很多，大家按寝室楼来分队。四个队踢比赛，一轮下来还是孙刚那边赢了。大部分同学都是 2001 年来的，男女同学觉得合适的很早都处在一起了，只是女生少，男生多，球队好多男生一直还是单身，比如球队的小强，个头儿不高，很壮实，也还没有女朋友。孙刚也一直在找，也没找到合适的。

小重山·昨夜寒蛩不住鸣

［宋］岳飞

昨夜寒蛩不住鸣。惊回千里梦，已三更。
起来独自绕阶行。人悄悄，帘外月胧明。
白首为功名。旧山松竹老，阻归程。
欲将心事付瑶琴。知音少，弦断有谁听？

因为被第一次恋爱伤得太深，他一直不敢再迈进下一段感情。学术上，他进展很快，一心一意在课题里，好几次梦里也是麦克斯韦的公式。他的第一个二维运动电机模型终于出来了，教授申请的萨克森州的科研项目也终于有了眉目。本来这个项目不是他的博士课题，是一个叫马克的德国同事分一部分给他做的。马克在网上认识了一个叫霞的中国女孩儿，马克为了爱，在2003年去北京和这个女孩儿见面，他们一起爬长城，一年后结了婚，一起又回到了德国。每次马克和他说起北京的记忆，总是那么激动。马克说他和霞一起住北京的酒店，一起看北京的日出，紫禁城的夜幕是他们爱情的见证。马克的课题是电机冷却设计，看他工资太少就分了这个项目的一部分给他。他花了两个月时间终于设计成功了，还写了一篇论文去参加在泰国举行的国际会议，不过他没有亲自去，另外一个埃及的同事因为要做报告就带他的文章去了，可能教授为了节省开销。后来他才知道，霞的父母在她小时候因家里煤气中毒去世了，还好她那天在姥姥家，之后一直孤独地和她姥姥、舅舅生活，后来她舅妈说家里只能供养起一个，她姥姥只能回乡下了，让她在城里学习。还好现在她和马克认识了，一直很恩爱，在异国他乡，孤独无处不在，但至少她有一个完整的家。马克和他关系也很好，实验室里有一个德国同事比较排外，为了他，马克还和那个德国同事大吵了一架。马克在郊外租了一个大房子，有一辆他爸爸送他的东德时代老汽车，叫TRABAND。车子很小，但可以坐下四个人，烧的油也是有特别要求的，开得也不快，不过马克很喜欢。马克告诉他，在他自己的修理车间里，这个车他都拆了好多次，然后再装起来，包括发动机。

周末宿舍楼关系好的中国同学都会在一起聚餐。球队叫“老猫”的同学终于恋爱了，这次老猫请客，大家可以聚一聚，东北的同学张艳玲、王思文也来了。猫哥的女朋友也是东北沈阳的，个头儿很高，很温柔，话很少。猫哥个头儿中等，白皙的脸颊下眼神深邃，在一旁对他女朋友也呵护有加。他觉得，猫哥和她还挺般配的，犹如秋水边的两株海棠，风吹来了，落叶一直飘到晚霞落下，那么默契。一时他竟然潸然泪下，他知道他心里一直有一个老家的她，但彼此万里相隔，感情只能埋在心里。空闲时，他会和孙刚他们踢一场球、喝一顿酒，醉了，便可以忘掉烦恼。

他申请了好几次德国科学院的基金项目，但一直没下来，后来他才发现，自己的报告一直没有被自己重视，写得不够详细，失去了好多次机会。一晃他到德国快两年了，2006 年的足球世界杯也要开始了，开姆尼茨开始沸腾了，大家都谈论着德国队的战况。他完全没有心思在比赛上，现在课题资料快读得差不多了，好几百本书，还有资料，包括所有以前这个学科的资料都总结在他的电子图书馆里。做课题总是这样，除了孤独和寂寞，还有时间的折磨，还好教授没有给他太大压力，给足了他空间。他跟教授快一年了，和教授交流也不多，他一心在自己课题上，教授也有好多教学任务，他们一个月才能单独见一面，课题的解决还要靠他自己。每天晚饭后他习惯地徘徊在教学楼过去的郊外，就在食堂的马路对面不远，马普所也在那边。马普所里也有几个中国同事。大学在城市的边缘，他也可以透过办公室的窗户望到不远处的原野和森林。这个东部城市慢慢开始变得有生气起来，不过学校旁边还是有好多荒芜的城区，破落的楼群里满是杂草。好多年轻人也都去了西部，不过他还是喜欢他的校园。静谧的早上，他可以安静地享受这片宁静。

每天下班，他都在公共厨房里做晚饭，还好外国学生不爱自己做饭，每次总有空的电炉盘。他一个人一个菜，不一会儿就做好了。这几天，孙大卫也经常过来和他一起吃饭。他吃完，总爱一个人去楼前的草地散步。夕阳里，他居然还碰到了他寝室对面的邻居，一个叫李雪的东北女孩，个头儿不高，羞涩的眼神里，看上去满是心事。记得上次实验课，他好像也指导过她们组，因为都是中国人，所以他记得很清楚。平时，他在楼道里碰到她，她也不怎么说话，他和大卫、张艳琳、李哥这几个邻居打成一片。他看着李雪也走在这条小道上，弄得他有点儿局促，他鼓起勇气过去打了招呼，第一次看到了她的笑容。看着不远处荒芜的一片楼，天也在慢慢暗下来，寝室的灯也开始亮了起来，他才慢慢地沿着这条熟悉的蛮草小道回宿舍了。

勿忘我

这个夏天也有怒火和哀怨
篱笆绿草
风开始飘浮

不再温柔
带走他的伤心
停留在松下的一片空白里

这个冬天
应该在东北的雪里
希望能冰冻思念一刻
瘦了黄昏
小道依旧
孤独还是要陪伴一世

上一段感情对他的伤害还挺大的，直到秋风吹起，他才学会慢慢放下那段感情。李哥也在安慰他，一切都可以放下。这几天，他也经常在楼道碰到李雪，她刚从斯图加特打工回来，孙大卫和艳琳也回来了。但是李雪和其他人交流不多，偶尔在考试的时候，会去问李哥考试的问题。他也经常去他湖北老乡刘军和他老婆的宿舍串门。刘军乒乓球打得很好，上次比赛还战胜了他，获得了冠军。刘军对面屋住的就是他越南来的师兄，拿了国家奖学金过来的。这个师兄做饭总是喜欢用一种鱼油的调料，味道特别重，全楼都能闻到。他也偶尔过去他那边，不过越南师兄不喜欢说话。新学期开学没几天，冬天就来了。11 月就下了一场小雪，落地就化了的那种。坐教学楼前的有轨电车六站就到市中心了，市中心不大，教堂和步行街都在附近，还有一些连锁购物中心，他们不经常去，火车站也在附近。

秋夜夏风

回眸三十年，落笔堪回首。塞北原上又芳草，江南忆孤帆。历史沧桑如朝夕，回国有望阑珊，秋风叶凋零。狂雨惊麦浪，海浪涌乱世。

李煜词，共明月，扶危栏。泥牛难渡康王，徽钦失龙蟠。家国兴衰天数，愁客醉酒春梦，依秦淮红船。谁于浪淘沙，英雄出少年。

这几天，和他一直联系的出国前德语班的同学白雪邀请他去奥地利一个叫盐堡的城市去玩儿，他特意请了一周的假。盐堡是一座历史名城，也是音乐之都，是莫扎特的故乡，还有举世闻名的城堡——盐堡。去盐堡的路程很远，过了最南部巴伐利亚州才到，城堡在德国和奥地利边界上，阿尔卑斯山就在不远处。他好不容易才找到便宜的顺风车，但车只开到慕尼黑，然后他要再搭另外一辆顺风车才能到盐堡，路上总共要十个小时。一路上还算顺利，两个顺风车的路费加一起才 50 欧元，坐火车要 100 多欧元呢。下了车，才发现城市挺繁华的，盐堡是奥地利五大城市之一。顺风车就开到火车站附近，白雪也在附近等他。见面后，他觉得她变化很大，三年不见，白雪变得不再像在国内时那么稚嫩了，成熟稳重了许多，一头短发在白皙的脸颊边，眼里满是阳光的闪耀。远远看去，他才发现旁边就是萨尔察赫河，从阿尔卑斯山奔流直下，不远处就是宏伟的盐堡，别人都称其为萨尔茨堡。远处可以看到它巨大的身影，高耸入云的城墙就在山顶，是唯一没有被攻破过的城堡之一。白雪说她宿舍就在附近，到了才知道是一个修道院外面的一处房子，两层，有 30 多户。这房子只租给女生。她一个劲儿和修道院管房的老修女说情，说是老家表哥来了，实在没办法需要寄住几天。老修女看她这几年一直都很听话，才同意他进门。她的大学就在旁边不远，走路十分钟就到了。等安顿好了，他再计划去整个城市好好看看。

盐堡的秋天

秋意难填林荫路，古堡倒影挡夜寒，微风吹拂满城雨。古道难，繁花琴键琵琶曲。

云天群山雾缭绕，河桥秋水流恨长，青草坡外密林深。梦一曲，重回乡土夜又深。

晚上八点，修道院的钟声准时敲响了，旁边的教堂高耸入云，好多店铺也在边上，也是这边教会的产业。天主教会有自己食堂、院所，以及一大片地产。一个四川来的白雪的同学杨乐就在这个教会食堂做帮工，每次下班都带好多鹅腿回来给她们吃，特别是圣诞节来临，杨乐会有好多额外的加班工资。盐堡的清晨，总是那么静谧，他和白雪没有坐山下去盐堡的缆车，他们选择自己爬上去。400 多米高的城堡就在眼前，他和白雪不一会儿就能到城堡的高墙下面。城墙在山峰上，耸入云天，进城堡的通道也是陡峭险峻。城堡入口的铁栅栏已锈迹斑斑，进了城堡才知道里面有另外一片桃花源，有马厩、庭院、仓库，还有炮台，最重要的是那口盐井，还有几百米深的水井。水是生命之源，盐是通向世外桃源财富的源泉，盐堡把这两口井守护得很好，所以在几百年的历史尘埃里，它永远没有被打倒。他最爱城堡下半山腰的葡萄园，还有密林深处长长的通道。从城堡半山腰的一个出口出去，就是一片开阔地，那儿也有一口古老的井，密林深处还有一处修道院，进去发现已经没有烟火气了，颓废荒芜的野草遍地都是。周围到山下的路也被高耸的城墙挡住了。他不知道这个城市中世纪的战火历史，只是知道这个城市从来没被征服过，后来随时代变迁才渐渐妥协。奥匈帝国的烟云过后，只留下了坚固的城墙和莫扎特的音乐。一处围墙里的小道可以直接下山，通到山下的一处水磨坊，旁边就是老城。古老的老城里，莫扎特的故居其实就是一处三室的小屋，小屋不缺音乐，只缺忘却的回忆，一首音乐的背后是莫扎特悲惨的一生。他能感知这个老街的故事，旁边水车的流水流入莱茵河，完成它的使命。

阿尔卑斯山的秋雨

拿一团风干的
阿尔卑斯山的牛粪

点起一点狼烟
秋风吹散了
可以看到遥远的雪山
雪山没有秋雨

山原来是海的愤怒
冷却的熔岩
岩石风干了
被今夜的秋雨淋成
日内瓦湖的蓝色
湖底飘着山的悠香

野菊快到了山顶
邙山何时有了野草的陪伴
寂寞便成了历史
遥望雪山
却没有白狐
那是在他梦里的华山

回到学校，他马上就要去日本参加电机技术国际大会。名古屋的秋天，和他记忆里北方的秋天一样，落叶慢慢落下，在街头，在院落，在酒店的屋檐里。酒店的大厅不大，但很整洁。第二天，他一早就走到不远的科技馆参加国际电机大会。只有到科技馆他才感觉到这个城市的科技与现代，也碰到教授的好朋友名古屋大学电机学院的院长，还看到上次在斯洛文尼亚这个教授的年轻老婆。她还是那么优雅与丰满，皮肤还是那么白皙。一辆混动的丰田车在会场入口格外显眼，听说是教授的氢能源车。只可惜他的教授最早开始研究氢能源技术，但产业化却落后了。大会上他做了报告，听了报告，拿到那最宝贵的论文集，算是完成任务了。接下来好几天，他可以有时间好好看看这座陌生的城市。它没有其他城市的高楼，而有很多木头房子。后来他发现，地下街道才是最热闹的。街头饭店很少，小吃店也太少，最多的就是一些奈面小饭馆。一盒面也不便宜，要 700 多日元。地下城超市海鲜倒是不少，但他没法儿买了自己做。后来他不经意间经过一家夜店，其实也不知道是不是夜店，就看到门口有一个人一直想拉人进去，也在使劲儿吆喝着，他有些害怕，赶快离开了。城边有一座不小的庙宇，门口有一个高高的木头做的、像牌坊的大门，不远处有一口井，就在庙的庭院里，几个僧人走来走去，和大街上匆匆忙忙的人群一样，那么冷漠。酒店的前台告诉他，名古屋的宫城就在离这 20 千米的内城里。秋天也是樱花盛开的季节，他花了 20 多欧元的门票终于到了城堡里。它太秀美了。在它悠长的护城河内、河外，是满天的樱花树。城堡不大，有五层楼高，楼里有好多手艺工匠的作坊，感觉名古屋的历史都浓缩在里面。名古屋的象征动物是金色的飞鸟，就在城堡的飞檐上，他只能远远地看到。他走出这个城堡，还是城堡的外面暖和，外面樱花树下都是郊游的家庭。花瓣安静地落下，他想着宫城里的楼梯，狭小的楼阁，感觉还是外面的世界阳光温暖。

名古屋的午后

海天一色
机翼越过浪涛的冷酷
飘在大阪的屋后
到处是虔诚的你我
看不透你的微笑

西区的火车
带他到名古屋的街头
喝一杯清酒
才看透寂寞的街头
世间本无木
却看到这个木头城

樱花就在名古屋的城堡下
城堡里没有妖姬
金色鸱吻的图腾
就在塔尖的晚霞里
寒山寺的钟声
在他遥远的苏州

会议最后一天，他本想着大会晚宴会是最有特色的日本大餐，不想却是食之无味的法国菜，一道又一道，没有他喜欢的，只有一道三文鱼还行。名古屋市中心的那条五千米大道他走过好几遍，晚上街道上没多少人，只有车流，没有人潮汹涌的感觉，灯光倒是绚烂。他寂寥地回到狭小的酒店房间。电视里播着看不懂的日语广告，抽屉里居然还有当天女优的广告。在离开名古屋的那个晚上，他走了五千米到市中心地下商城，买了他喜欢的，带有名古屋象征的金鸟的、镀金的城堡相框，然后去街边小店买了一盒奈面。很简单的面条在快餐盒里，加一点简单的酱料，在微波炉里加热一下就可以吃了。第二天一早，他坐火车去京都的机场。机场就在大海边，飞机起飞他都可以看到海边的浪花，溅起又落下，慢慢消失在茫茫大海里。他准备在上海转机，十个小时后直接飞德国。下了飞机，他还是决定去上海市逛一逛，这也是他第一次到上海。他特地选择坐磁悬浮高铁，不到 20 分钟就到了市中心，然后几站地铁就到了有名的南京路，再走一点就可以到外滩。他被街上汹涌的人群感染了，一下子就忘掉了名古屋的寂寞。步行街一些古典的商业大楼让他看到了上海的百年沧桑。大楼里各种商品也是琳琅满目，音响里各种叫卖声渲染着商业氛围。他买了一个小的牛皮旅行箱，这样他可以不用每次都拉着那个大的帆布登机箱了。不过他还是感觉好贵，要 500 多元。他刚出店门时碰到一对母女，她们穿着优雅，母亲羞涩地拦住他，说没钱买回家的车票，他没有犹豫，就给了她十元，他知道不多，但也只能这样了。不过，这对母女居然很虔诚地感激他，说他不是当地人吧。他也没说什么，赶快离开了。他还是尽量忘掉这次邂逅，很快来到了期待已久的外滩。外滩彻底震撼了他，他到过柏林，见过莱茵河的波涛，但外滩的雄伟让他感受到现代城市的力量。在远处的东方明珠下，可以匐望江水滔滔，但看不透楼宇高塔的深处，一层又一层的迷雾就在这楼宇的山里，江水如小溪流向海的尽头。他一时忘了外滩的人群，一个人迷失在午后的雾里。看着一堆堆照相的人群，他还是和外滩合了影，一会儿就拿到了照片。这就是他第一次对这个海上之城的记忆，再五个小时后，他就要消失在浦东到德国的天空里。他想着，他迟早会再次回来的。

初秋的上海

落叶归根夕阳路，古街瓦房秋意寒，满城尽是喧嚣路。外滩外，一风吹落浪花里。

浦江夕阳轮渡江，绕过舟船水流长，斜坡尽头十里铺。一扇窗，梧桐街头吾忘你。

万圣节就要来了，一般晚会都在他们这个寝室楼的底层一个大的学校活动室举行，活动室提前申请就可以使用，里面也有吧台。这次活动是中国学生会组织的，来了100多位中国学生，大家几乎都认识，因为所有寝室楼都在离食堂100米的范围内。平时大家踢球和打排球也都在一起。夜晚的无聊可以在今晚得到放松了，一些同学带着特有的面具，穿着特别的服饰。国内派来进修的大学老师也来了。虽然夜晚的寒气逼人，但他还是喜欢外面薄薄的雾气，感受它淡淡地弥漫到远处的树林里。音乐和舞曲在今晚感觉好特别，和他在北京理工大学学德语的晚会不一样，他总是觉得今夜好安静，没有那年那月的浮躁。他经历了无数次失败，至少现在他能生存下去了，可以做自己喜欢的事情。不一会儿，他们就开始找他了，他舞跳得不错，也是在好久前跟大学舞蹈老师学的。后来他才慢慢体会到，舞蹈就是享受一首音乐，在音乐里散步。

今年的圣诞节天气特别冷，一年很快就结束了，还好他发表了两篇论文，让教授还算满意。只是后面学习有一点点懈怠了，他喜欢和孙刚他们一起去踢球，和王思文她们去打排球。足球队小强体能很好，虽然个儿不高，但很有活力。足球队几乎两天一次活动，这也成为他们最大的乐趣。陈坤除了球踢得好，羽毛球也打得非常棒。好多体育活动在中国学生圈子里发展开了，寝室楼旁边的体育馆几乎每天都排得满满的。他们除了学习和假期打工，剩下的精力都耗费在体育活动里。他们的汗水在冷风里慢慢变干，可以在夜晚排解乡愁和寂寞。他也考虑是否应该再找一个女朋友，但还是没有勇气。大学里大多是出国前就谈好的情侣，新谈的太少了。

除夕那天，他特意提前从实验室回到寝室，和约好的孙大卫、张艳玲、王思文一起看了春晚。网络在这个时候总是很慢，后来还是连上了。李哥他们也在楼下活动室准备了大的投影仪，让中国留学生都可以去看。他倒不是一定要看春晚，只是要感受故乡的年味，遥想天空的烟花在麦田里绽放，还有孩童灿烂的笑容。他准备了一大桌火锅，大家都好开心，羊肉还是他亲自去土耳其小店买的，只是切的厚薄不一，不过多煮一下，蘸一下他特意学的四川油碟，味道也不错。香葱和香菜的味道在 15 平米的宿舍里飘荡，大卫喜欢啤酒，大家也一起喝起来。夜色慢慢降临，今夜，不知道他爸妈是否在姥姥家庆祝新年。酒过三巡，大家都回去给家里打电话了，都是网络电话，可以听到大洋彼岸，一派炙热的氛围。打完电话回来，只有朝夕相处的同学可以陪伴，风雨同舟。午夜了，李哥他们特意组织大家到楼下放烟花，住在周围六个宿舍楼的 500 多名中国留学生，今天来了 100 多人。孙刚他们足球队也来了，还有张弛他们篮球队。在草地上看着格外清冷的天空，烟火升起又落下，升起时的欢唱和落下的惆怅一直伴随他。他也早学会在烟花落后，一个人按来时路悄悄回去，珍惜一切升起和落下的烟火，让这个寒夜不再寒冷。

过几周，就有一件大事。李哥要博士答辩毕业准备回家了。李哥是他的邻居，本来已经是江苏大学教授，后来又到德国来学习，一来已是六年有余。时光与寂寞让李哥早就学会了无私和容忍，李哥为大学所有中国留学生一直默默奉献着，所以才有了德国东部大学中最有凝聚力的学生会，这也是他想加入学生会的原因。李哥的答辩是机械系的大事，好多教授都来了。在学院路的街头，李哥戴着大家做的博士帽，李哥眼里那颗快要滴落的眼泪还是没有掉下来。李哥一直在等待国内的爱人，六年前离别，时间早已把过去的爱恨情仇消磨掉了，李哥在昨天的电话里听到了爱人的召唤。李哥的苦在他瘦瘦的身影里，徘徊在楼道的灯影里。李哥的初恋在北京离开了他，李哥都没想过是怎么熬过那两年的，直到今年才恢复过来，超脱一些，痛苦便入了尘土，不再悲伤。李哥说，这点插曲自己应该要放下。是的，和李哥比起来，这就是一场秋雨，一会儿就阳光灿烂了。李哥为了爱，可以不要孩子，可以容忍误解和背叛，可以忍受六年的孤独。李哥其实早就领悟了，该成熟一些。他们特意在活动室准备了一场答谢李哥的晚会，几乎所有同学都来了。一张很大的合影留念，蕴含着他和所有人的青春。晚会上，李哥放了好多过去的图片，还有爱人的照片，爱人是标致的镇江美女，看得出李哥还是深深爱着她。李哥告诉他，爱人让自己把六年所有的旧衣服都扔了，回去给李哥准备全新的。其实，李哥也没几套衣服，几床半新的被套也给他了。临上飞机前，李哥的账户还有 4000 多欧元，这是他六年的积蓄。和他一样，李哥也是平时给教授代课挣点钱。李哥觉得来时孑然一身，去时也不带走一点点，花掉所有钱给有恋人的中国留学生买了一对对首饰，也祝这些恋人百年好合。他没去机场送李哥，平时朝夕相处的导师走了，他要学会一个人面对这个孤独的世界，一时觉得自己就像一根快要熄灭的蜡烛，只剩一点点火星了。

巴伐利亚州的冷雨夜

左耳是冷雨
敲打瓦楞的声音
右耳是午夜的情歌
还是马克思城
李哥给他的棉被最温暖

灯影里
听着雨滴的浪花
溅落在初冬的院落里
冬雪近了
天边的白云起起落落
淹没在屋檐瓦楞里

小屋的爱与恋
总是在雨后
小径一直到森林的边上
今夜酒与雨的味道
一样苦涩
如故乡荆州城的苦荞酒

告别李哥的那个晚上，他一个人来到实验室外不远的郊外麦田边。他好久没喝酒了，酒量也不好，还是大卫和王重阳上次没喝完的威士忌，喝一口，刺激的味道瞬间在喉咙里发热，他好想一饮而尽，像吴江那样洒脱。夜风的寒意使蟋蟀也开始蛰伏了，一个人只有孤独的夜。他可以想象李哥已经开始在镇江的生活了。他没去过镇江，但可以想到李哥在镇江也会如在这儿一样燃烧生命的光辉。他看着今晚的夜空，远处就是乡下的原野。这里和他的故乡一样，只是冬天来得早一点。麦田没有了故乡的守望，他一个人的夜晚，身边只有凉凉的夜风和远处的灯火。转过身，就是大学宿舍窗口漫天的灯火，每个寝室楼的宿舍都有一个梦想。他不敢回头，怕会破坏他们美好的梦想。犹如孙刚跟他说的，希望在家里好好陪陪老父亲，有一个体面的生活就好了，他也想这样，但他的路怎么一直没有尽头，他的泪水第一次向着李哥飞去的方向流下来。他又喝了一大口味道怪怪的威士忌，醉一场不可怕，他要学会守候这个夜晚，等待李哥以前的宿舍楼所有的灯光都关了，他要一个人沿着李哥的脚步再重新一次体验他在开姆尼茨的乱世情仇。

越南人在德国东部特别多，他问了一下同事才知道，二战后，德国工业发展需要大批劳工，所以东德招了好多越南劳工来重建这个满是疮痍的国家。这些劳工后来也就留下来了，好多餐馆和超市都是他们开的。和东部一样，南部也招了好多土耳其劳工，到现在有超过 500 万土耳其人留下了，好多街区都是他们的集聚区，后来连土耳其传统小吃土耳其大饼都成了德国最流行的大众特色小吃。他也觉得土耳其大饼在饮食文化相对贫乏的德国确实是一种革命，也是西亚和欧洲的饮食第一次完美结合，到后来几乎整个欧洲都爱这个亚欧特有的小吃，新烤的面饼里夹有蔬菜和现烤的流油的肉，比意大利披萨好吃多了。他每次都要求加好多辣椒面，这样才是正宗西亚风格的。越南同事已经有两个孩子了，老婆在国内，德语不好，平时和同事交流也不多，学术上也不紧不慢，倒是特意和他经常交流。东部这边好多同事都是冷战时代成长起来的，没机会去了解外面的世界，对外国人友好的不多。柏林墙倒了，但好多同事对亚洲同事还有很多歧视，当然也有少数比较大度和开放。和他一个实验室的托马斯就是这样，学术也是一流的好，也特别谦和，他和托马斯的女朋友还踢过几场球。

德国的秋雾

寒意一叶篱笆外，似雾似水意无痕，小径惆怅一夜寒。角落外，微风压城连成雾。

残花碧玉叶层层，真情单车孤独客，野坡忽遇羊十里。缘分尽，一朝一夕白发苍。

吴江家是大家聚餐的地方。吴江做饭好，还好客。去楼上吴江家的走廊里，他碰到于浩邻居，西安来的梁涛。梁涛平时话不多，见面倒是很有礼貌，只是一些活动上很少看到他。平时他听王思文经常提到梁涛，有些课是她和梁涛一起的。后来于浩说学生会网站维护可以让梁涛来做。后来他也经常去梁涛那儿串门，一次他了解到，梁涛的女朋友要过来看梁涛了，几个月后就要把手续办完了。接着，大家看到一个完全不同的梁涛，一下子像变了一个人，也经常参加一些活动。他们也决定把网站维护的工作交给梁涛了，后来网站也一直运行得很好。

他们博士生也有一个团体。数学系的吴森林，瘦瘦的，来自哈尔滨一所大学。他的妻子也是大学老师，喜欢跑步，每到傍晚至少在大学操场跑十千米。四川的李文学物理，有歌德奖学金，来自四川山区，一直为找女朋友烦恼，因为长相一般，个儿比较矮，又内向朴实，一心在物理世界里，还不修边幅，所以不受女孩子喜欢。李文一个人总是在厨房做两碟菜，一碟五根青菜，一碟六七片肉，吃得好香。和他一样电子系的还有赵新民、陈民和李峰，他们都没奖学金，都靠给教授做助教来维持学业。就李峰和李哥比其他人早来几年，他们新来的经常一起聚餐。陈民也没女朋友，个儿不高，听说国内亲戚给他介绍了几个。赵新民老婆也在国内，不过国内公司要把她派过来工作了，这样就可以一家团圆了。学校里，周末是无聊的，也是聚餐的好时候，就是简单做几个菜，几个同学可以一起吃饭喝酒，吹吹牛，积累了力量开始一周的学习。

假期其实是一年最忙的时间。孙刚和吴江又要南下去打工了，下一个学期的生活费就靠这个假期打工挣钱了，孙大卫也打足了精神要出发了。假期里，大批找工作的学生从德国东部向西南部流动，特别是斯图加特，是汽车城，需要很多学生工，每小时可以有六到十欧元，各种工作都有，比如仓库、印刷厂、汽车厂、展会、中餐馆等等。他们都有自己找工作的经验，都吃过很多苦。夜晚，他沿着西部的街道走向宿舍，一路的疲劳，生存的压力可以让他忘掉一时的自尊和笑脸。他还记得，吴江和大连的老于在中餐馆做工，为了挣多一点小费，总是特别在谈话中注意客人的生日，然后拿一个蛋糕过去唱一首德国的生日歌。有一次，一个老太太给了他们 150 欧元小费，把他们都高兴得唱哭了。他想起在开姆尼茨，老于和吴江也去干过砸墙的工作，一小时才五欧元，干完一天两人足足躺了两天才缓过劲儿来。

不久，学生会组织了一次巴伐利亚州国王湖郊游。他们五人一起租了一个车开了快十个小时才到阿尔卑斯山下的国王湖。电动摆渡船把乘客送到国王湖的小岛上然后就返回了。岛上有路可以直到雪山脚下，雪水融化流下来成了这个湖。湖水倒映着蓝天的蓝色和群山，景色特别漂亮。他们租了两个皮划艇，这样可以看到湖边的树林和山脚边的岩石。划船不容易，要有技巧，要不很累。曲威不一会儿就累得不行了，倒是陈坤和张弛划得好快。两个小时下来，大家都累得不行了。下了船，他们逛了小岛上的教堂和宫殿，时间就到了下午。停车场就在湖边的森林旁边，远处是阿尔卑斯雪山。傍晚他们上了车出发回家了，小路在山下的小镇里蜿蜒开来，转角就出了景区。高速到学校还要八个小时，路上张弛开车很辛苦，休息了好几次，其他人都困得不行了，睡了又醒。终于回到了宿舍，张弛已经累得不行了，还好他有在西北开长途车的经验。大家都聚集在三楼吴江的屋里，小屋里有一桌孙刚和吴江他们没吃完的菜和啤酒。吴江又做了几个小菜，大家吃完都累了，各自回寝室了。临走，他看吴江又快要喝多了，一问他们才知道，吴江最近又失恋了，吴江的女朋友赵娜不知道什么原因，已经和吴江分手好久了。怪不得，他也感觉到吴江含着一股淡淡的忧愁在眼里，每次喝酒吴江都是一口半瓶，一瓶两口就喝得差不多了。吴江比较内向，有什么事都埋在心里。他记得吴江刚和赵娜好上时，吴江是多么意气风发，当时他们就劝吴江，赵娜可不是一般女孩，就怕掌控不了。但爱与缘分来了，吴江也管不了。时间可以洗透缘分，把男人与女人都剥得光光的，才能看透彼此。赵娜是北方来的美女，高挑而性感，一般男生都喜欢这种，但他总觉得，赵娜太了解社会了，风尘而又让人陌生。赵娜经常参加他组织的大学博士生聚会，衣服穿得暴露，搞得几个大学访问学者都快失眠了，后来他也就不叫赵娜参加了。今天他也觉得好累了，路过李哥以前的寝室，还想着，不知道李哥在镇江怎么样了。窗外雾气已经升起了，夜的静在路灯里慢慢睡着了，他也想着，远在盐堡的她也回到那个安静的修道院了吧，等明天再发封邮件给她。

最近，大家都爱上排球，连足球队的都一起来打排球了。他一下班，不到五点，也早早到操场旁边的排球场。他刚到，就看到连平时不爱出门的李览都早早过来了。好多人都是零基础慢慢学起来的，排球特别讲究合作。每人都有自己特色，陈旭立发球很厉害，好久他们才能接住这种发球。陈坤他们几个高个儿的，弹跳也好，拦网也厉害，打排球基本功很重要。搞得他最近连做实验都怠慢了，一心想着打排球。不过有天晚上还是发生一件大事，梁涛居然坠楼了。他一直记得这个白皙消瘦的小个子西北男孩，内敛而有点羞涩，他还想着学生会正准备邀请梁涛正式加入。后来警察局排除了他杀，一问才知道是因为梁涛国内女朋友移情别恋了。他还记得不久前，他看到梁涛国内女朋友过来看他，两人在一起如初恋般的恩爱，怎么没几天就出了这些事。他们说梁涛那天喝了好多威士忌，后来就出事了，应该是从寝室窗户跳下去的，至于是跳下去还是不小心掉下去，就没人知道了。想起当初，他也是被初恋女友抛弃，也是如此难受，多少次，他也一个人独自走在校园的荒野里，直到微微的寒风冷透了他的心，才回寝室，但他还是没勇气就这样结束短暂的人生。他宁愿相信梁涛应该是喝多了失足掉下去了，外面的风能吹散那种刻骨铭心的痛，冷冷的，但梁涛想再回来已经不可能了，落地的那一刻，梁涛该是多么绝望，一夜的风就在一秒吹散了一个生命。在这个宁静的校园里，他记得梁涛是和王思文、赵娜她们一起来的，就和他同一个宿舍楼。虽然她们几个经常和梁涛拌嘴，但都还算融洽，梁涛学习成绩也是非常不错。现在，他和她们就像少了点什么，除了可惜，还有淡淡的哀伤，一直都有。

沁园春·边城浪子

冬雨起伏，老树凋零，朝雾溪流。

望一山清水，远去蜿蜒；山路起伏，云雨滔滔。

象山沟壑，林衫寒风，吹来远山蓬莱梦。
渡船小，一绳牵两山，静动岁月。

江山如此多娇，浪子回头又匆匆。
山外长城边，大漠孤烟；大洋彼岸，古堡白杨。
一代天骄，成吉思汗，饮马啼血莱茵河。
烟雨梦，是否在河边，船与他故乡。

后来学生会开始新一届主席选举。他本来不想参加的，只是想简单地多给大家干一些活就好了，但张艳玲和王思文一起要求他必须去参加选举，他也知道自己一直很软弱和妥协，要去参加选举就会有竞争，这样不利于学生会工作。他一直认为一个公益的学生组织不用搞得这么复杂，不过后来还是张艳玲给他报了名，一起报名的有曲威、张弛和吴江，这都是学生会的骨干。选举就在大家熟悉的阶梯教室举行，来了将近 100 多位中国学生，投票在上一任学生会主席于浩主持下举行。很幸运，他居然得了 53 票，他也知道，能在开姆尼茨赢得这些选票，其实都是靠他的谦卑。他也觉得能够和李哥一样无私地奉献一点点就够了，只是他自己没有考虑到其他人的感受，其实曲威人气很高的，张弛也很优秀的，还有吴江也是那么谦卑，但他们都没到 30 票。不过，后来还是要按传统，于浩一票否决，决定让吴江来当主席，他来辅助吴江来做好下一届学生会工作。他其实没有任何反对，毕竟吴江也是上一届学生会干部，至于大家在什么位置也不是那么重要了。他还是一心牢记李哥的教诲，默默地做自己喜欢的事就好了。后来第一次大型体育活动，他和大家一起齐心组织得非常不错。下周，他的回国机票就买下来了，留学快三年有余，他终于可以回到自己的家乡了。

望江南

长汀冷，鸥鹭已分飞。霜叶虽攀花绚烂，终究不似好春回。就怕泪先垂。

相思重，夤夜蜡成堆。菱镜未曾饶岁月，漫说来作少年归。白发骗得谁？

今天，他在最后两个小时，拿到了回国的机票，第二天一早就出发去机场。遥远的原野外有无穷的梦想，李哥也是这么走出去的，还有于浩、吴江、张弛都是这么走出去的。大学车站的那条路，一直通到市中心。市中心圣诞市场100年都没变，但他们一定会变，超越自己，在卡尔·马克思城的灵魂深处彻底拥抱自由。第一次他又回到法兰克福的机场，居然碰到在达姆施塔特的师姐，她要回上海，她看起来也几乎没变，还是和以前那样照顾他。几个小时很快就过去了，他和师姐将飞到不同的地点，一个是上海，一个是北京。武汉是他的终点，他在北京短暂地停留了一天。在北京，他特地叫了一碗北京炸酱面，吃的是面，但品的是酱。一早居然就有热气腾腾的面条，还有毕恭毕敬的服务员，他看着升起的朝阳，原来已经回到他的故都，这时候香山的枫叶都快掉光了吧？还有北京理工大学的校园，还是那么热闹非凡吗？第二天，飞机很快又起飞了，到了武汉，好像汉江边的一舟风帆一直在召唤他。因为他没订到普通舱，只有最后一个商务舱了，他只能在飞机的商务舱里奢侈一把了，不过旁边的客人都是油腻得不行的暴发户，只有他还带有青春的活泼。他终于又回来了，在汉江的沿岸，看漫漫江水，还有南去的火车。一碗热干面可以解决所有问题，那熟悉的芝麻酱，还有暖暖的牛肉汤。故乡还是没变，汉正街的石板还是斑驳，夜晚的灯火消失在茫茫人海里，如他从来没有离去。他还是找了那趟西去的客车，回到他的故乡荆州。国道旁的炊烟寥寥升起，鱼塘和羊肠小道在路边消失，只有熟悉的堂屋，有了烟火的味道，才算回到故乡了。没有了德国麦田的味道，只有乡土远离城市的宁静，犹如他从来没有离开过，却忽然又来到。埠河的长江口也有了大桥，气势不差汉江的二桥。一路的葡萄园。晚霞快落下了，也如他从来没离开过一样，和上次离开时一样，只是时光流逝了，如果他下次再归来，可能是一生一世之后。阳光，落霞，原野还是如初，小河还是那么缓慢地流着，从镇里到县城，然后消失在远方。他爸妈都在焦急地等着他，他下了客车，叫了一个三轮车几分钟就到了王岗小区的坡下。家乡也没变，还是静静地在长江的大堤边。他听惯了江船的鸣笛，看透了江堤下的车水马龙，时间就不在了。

第二天一早，他就陪妈妈去了旁边的菜场，再一次感受到时光可以和人群混合，让他分不清自己。如果他没有迈出王岗的堤坡，他也会这样如卖菜的老农忘记数时光的年轮，100 年而无惑。马上他又见到了他的几个表妹，想起他还是在童年时牵起她们的小手玩耍在外婆家的原野里，可以点起一片原野的火，她们的笑容与惊恐一直在他脑海里，现在她们都长大了。可爱的，悲哀的，成长的，他走过的路她们可能都要去重复。只是他还是放不下心，五表妹却一直忧郁。她妈妈离去的太早，所有的迷惑都留给幼稚的她。她承受不了，因为她还是那么年轻。他也看到她的眼神变了，不是童真的可爱，而是迷惑。在油江桥下，她们和他还是那么开心，可以一起去唱歌，一起看潮起潮落，犹如他从来没离开过她们。在两周后，他离开了乡土，一早搭上了第一班客车，开往武汉的机场。

蝶恋花

寒夜月色草碎雪，又去一年，槐柳伤冬寒。数片片离雪约住，朦胧夜空云来去。

春风桃李又暗度，秋千飞翔，笑里渡口忙。漂泊半世千万里，人间没个安生处。

回程的飞机又在德累斯顿的机场降落了，机场有直达市中心的火车。他看着一路萧瑟的落叶，飘零的原野，秋收的麦垛早已经一窜窜滚落在原野里。他一直好奇，德国的秋天除了落叶，就剩下这些麦垛了吗？从三年前开始，他一直追寻它的脚步，今年才第一次看清麦穗就这样从夏天到秋天，滚起来，让秋天消失。他喜欢这个麦垛，从西部滚到东部，停在柏林墙前。他不知道墙在时的世界，只知道卡尔·马克思城的历史。今天他还是在找寻遗失的德意志的文化，宁静的片刻，在你的生命里，敲一下，便让你飞出你的森林。

越南同事告诉他，教授马上要去德累斯顿工业大学了，不知道后面他是留下来还是一起去。他倒是没在意，过了几天，就得到通知，教授要带他去德累斯顿大学了。托马斯和其他几个师兄快毕业了，就不去了，越南同事却自己转到汉堡大学了。离开开姆尼茨，他还是有太多不舍，这里有他的学生，还有足球队。

离别卡尔·马克思城

来时是秋天
离别是冬天
春天就在原野里
在易北河边的葡萄园上
郊外的烟囱
带给他又一个梦想

旧城的孤独
在他离别的背影里
一生都在聚散

背包还是只有两个
一个装着被单
一个装他所有的书

下次再来看你
他又苍老了
而你还是青春活力
野花一春就开得漫山遍野
找不到哪一朵
是过去的记忆

第九章　易北河之春

沁园春·雪

易北河畔，冰封万里，飘雪封城。
原野连山峦，海川古今；河流远去，劲头舞动。
险山沟壑，莽岭苍苍，海山万古又桑田。
望晴日，沙石埋枫叶，秋风萧瑟。

江山如此多娇，引无数英雄竞折腰。
惜布衣汉武，文采风流；宋词委婉，铁血宰相俾斯麦。
一代天骄，成吉思汗，大雕射尽空惆怅。
阅古今，数风流人物，还看今朝。

他走的时候，没有告别，犹如悄悄地来，也静静地去。提前一个月他就把学生的毕业课题安排好了，毕业课题可以在后面几个月答辩。因为时间太紧，他只是仓促地找了一个在火车站旁边的学生宿舍，可以暂时住几个月，等安顿好了再申请大学的宿舍。如来时几个包裹，走时还是那几个包裹，他只请了陈旭力来帮他搬家去德累斯顿，还好就不到100千米。大学有车的同学不多，陈旭力毕业就开了自己的公司，和他老婆一起经营，公司就在郊外不远的小镇里。就这样他们两个人出发了，车缓缓开出了校园，过了那个安静的卖鱼小店、城里的步行街，还有离高速公路不远的铁路博物馆，他该和往事告别了。他不知道下次何时能再回到这安静的开姆尼茨。德累斯顿是州首府，他又一次要飘零到一个陌生的城市。虽然他以前来过这个城市几次，但还是那么陌生。高速路在原野里飞翔，麦田还在冬天的雪里，为了春天的梦想，他又要向前迈进一步了。记得第一次到开姆尼茨，他住在郊外的青年旅舍，整个楼就他一人，傍晚他在秋风的原野里待了好久。很快车就进城了，德累斯顿有名的啤酒厂就在高速路旁边，高耸入云的三个大啤酒储藏塔好远就能看到。他知道德累斯顿啤酒也是一个国际品牌，以前也在盐堡的超市里发现过。进城的路很宽，车不一会儿就路过大学的一片校区，到了主火车站的学生宿舍。他们两个人很快就把几个包裹拿到他12平方米的宿舍，就匆匆告别了。看着陈旭力离开的背影，他像又一次离开故乡一样，在冬天的小道里，欲哭无泪，他默默回到了宿舍。他的行李很简单，不到半个小时就整理好了，马上就可以安顿下来了，后面去超市买点吃的就好了。以后他要在这个陌生的城市里学习好多年，为了追逐自己的梦想，一切付出都是值得的，他早已习惯了奔波与离别。

德累斯顿的森林

叶落后是初春
皇宫的长椅
春天的风吹过
落不下一片落叶
原来他还怀恋在
去年的秋天

森林里苦涩的味道
幽静的小道
直接到易北河
和皇家歌剧院陪伴
咖啡屋已经两百年了
一直期待在大雪后

可以看马车后的油灯
回味石头小道后
咖啡的苦涩
灯火照亮河流
却看不透

一颗游子苦涩的心

他只知道德累斯顿是州首府，以前来的时候，下了火车就直接到市中心，然后一直到河边，可以看到雄伟的宫殿、歌剧院、教堂，还有远去的易北河。市中心少有的几家体育用品超市经常打折，他也约过孙刚和王思文她们来了好几次。毕竟是首府，特别是肯德基，据说还有亚洲特色的香辣套餐，在萨克森州只有这一家，而且还打半折，不过只是在星期三，他一直没赶上，上次他听小白说味道还挺不错的。他安顿下来，发现大学就在离宿舍一站地之外，整个大学也在那一片。

东德的早春

开窗就见宫廷的园林
阴云笼罩
雾气弥漫对面的
石头小道
宁静的德累斯顿
在小鸟的叫声里沉睡

多看一眼远处的教堂
忘了他的马克思城
不远的易北河流淌着

把思念带去远方
这里只有城堡和庄园
没有烟花灿烂的春天

一路到山上
大学就在坡上的小屋里
点燃蜡烛让希望燃烧
百年的蔓藤窗前
飞舞的蝴蝶
第一次沐浴在春天的阳光里

第二天他就去教授那儿报到了。走过去也就 20 分钟的路程。路过一个东正教的教堂，圆身，洋葱头一样的圆顶，没有基督教教堂的萧杀，反倒有童话般的色彩。教堂就在到市中心主道的旁边，成了一处特有的风景。路过大学一片新建的宿舍，条件特别好，而且就离实验室不远，他也申请了，但一直没批下来，他只能试着申请别的宿舍了。大学就在马路两侧，没有国内的围墙，所以大学在这边叫大学城。大学的研究所遍布城里的每个角落，所以一座城就是一个大学城。不过，德累斯顿工大校区还算比较集中，都在中心火车站附近，只有少数几个院系稍远。每个院系也是一栋栋小楼，分不清是居民楼还是实验室。他花了好长时间才找到那一栋电气系小楼。在校区中心，一座三层的古老别墅小楼就是电气研究所了，三个教授，一人一层，进了门就有一尊古老的雕像立在阶梯上面，雕像可能是这栋楼第一位教授的。三层高的大厅一直到屋顶，底楼是实验室，每层有围起来一圈 20 多个办公室。电机实验室比较大，占了实验室三分之二的面积。他也有和一个同事共用的办公室，还有一个 100 平方米单独的实验室，里面有大的电压源，还有最先进磁悬浮样机。小楼前小树茂盛，只是红色的墙砖早已斑驳。木制的大门要费好大的劲儿才能打开，木头都黑了，油光得有点儿刺眼。教授的办公室就在一楼。第一天，教授简短地和他打了招呼后，就带他到他的办公室了，同一屋的同事就是以前他同一个办公室同事托马斯的一个学生。可惜托马斯没来德累斯顿，留在开姆尼茨写博士论文了，说一年就能写完毕业了。新的办公室好大，窗外就是电气学院两层的行政办公大楼。

故土

村口的春风
伴野草纷飞
泥土的味道不再离开他
不再害怕荒野的夜晚
操场晚自习的灯火
忽明忽暗

芦苇丛里有新泥

水鸭藏不住
半睡半醒
沟堤外泛白云
又一个懒散的午后
期待遥远的鸡鸣

渡过了船就到江南
江水离沲水河好远
石头旁的江水好凉
告别了乡愁
他的忧愁也流到大海

跟教授一起过来的有一半学生，另外一半要留下来写完论文，然后就直接毕业了。难受的是，他以前的实验台不能带过来了，只能重新建造，这要耽误很多时间。还好现在同一办公室的埃尔克也是做他类似方向的课题，他们可以共用一些硬件平台，这样就能节省很多时间。第一周很快就过去了，宿舍、大学、教授那边都安排妥当了，周六他可以到处溜达一下。

清晨天空阴云密布的，德国的阳光太少了，偶尔只有夏季的几周可以看到灿烂的阳光。他的宿舍楼也是以前市政府的一个部门的四层大楼改的，就在主火车站旁边。他出了门，就可以看到德累斯顿最大的皇宫宫廷园林，里面很大，就在火车站另一边老城区，里面一条道直接到易北河，园林过去也是河边的皇宫了。

一大片园林在他前面，他今天一早想从园林穿过去。园林有很古老的树，有一片片的草坪，还有喷泉，以及石头的亭台。中心大道有 2000 米长，可以走马车。静谧的清晨，路上人很多，看着斑驳的石头砌成的宫廷院墙，分不清它的颜色，已经和天地、碎石混在一起了。透过高耸入云的树梢间隙，他可以看到天空的蓝色，蓝色的阴影把阳光挡在云层外。野草的味道弥漫在清晨的空气里，他可以想象春天，这里的花台应该是姹紫嫣红的。不一会儿，他就到了园林尽头，一大片皇宫就在他眼前。他以前也来过几次，所以并没有很惊讶。不像国内的庙宇大都在远离城市的深山里，教堂都在市中心，和政府大楼一起，教堂很有历史渊源。整个周末，就这样悄悄过去了，安静而平和。

呆痴易北河，冰河渐入梦。古桥老店灯火，江北忆江南。梧桐百年沧桑，寒冬危栏冷风，凌乱落叶舞。木椅入我怀，河水落薄冰。

秋冬去，共明月，扶危栏。想泥马渡康王，今夜泪寒雨。一夜飞天入梦，古堡墙角阑珊，顽石秋雨琵琶声。转身一叶落，红尘今夜尽。

不久，他的学生冯烨的硕士论文写得差不多了，但实验了几次都没成功。四月的天还是那么寒冷，他特意向教授申请了出差再回开姆尼茨，这样可以和她一起把实验做下来。可惜自从霍夫曼教授带他到德累斯顿，冯烨这边的实验也懈怠了，还好课题理论计算教授还算满意，她下个月就可以答辩了。这是他第一个硕士学生答辩，他和她付出了好多，硬件电路板都是一起慢慢做完的，还有特有的芯片也测试了好久才达到要求。他记得有一次，她都累倒了，发烧好几天，在其他同学照顾下才慢慢恢复。因为种种原因，教授刚开始还迟疑不定，不过最后还是按他的决定让她毕业了。后来冯烨也在汉堡找到了工作，最后又转到了上海一家德国公司。

沿易北河溯流而上可以到一片石林。他走在山涧的小道里，晚归的薄雾已经升起了，阴冷的湿气不停地侵扰这片原始的密林，树干如针芒般在乱石中渴求一片呼吸，密林的草也在它们的间隙杂乱地寄息着。亿万年的石头在满身的青苔里变得更加阴冷，在雾里绘成了这个秋天的城堡。山的流水细而蜿蜒，在山的腰间流淌，又如山的精灵，滋润、呵护着森林及它的生气。水的清澈就在他的眼里，照亮他的远途，让他不再迷茫，在黝黑的山影里，不再畏惧。林子里有漫山的松柏，山脚下、山脊梁，还有半山腰，如秋的记忆般色彩依旧，葱郁而坚强。他几乎迷失在它悠长的历史里。他真想随风飞翔，飞出这片密林，飞出山的世界。一切对他都不重要了，就让它毫无保留地沉积在他的记忆里。远处的山石依旧雄壮挺拔，延绵的山林消失在晚归的炊烟里，而此刻他就立在它的肩头遥望苍穹，能看到阳光的霞影，感触它的苍翠与挺拔。美丽的河流带走了他的梦想、希望、怯弱，还有执着，把他孤独地留在它的世界，何时他又能重回它的怀抱，轻吻它的体味。他迷失了，在它的世界无法自拔，就像这个春天的幕曲，在长久的吟唱。他想后面他将如何徘徊在德累斯顿的郊外，守候孤独的易北河呢？